冨永圭太／著

這個動作,
那個情形,
日語怎麼說?

附MP3

桃太郎的實用動詞組句,
教你日語好到花瘋

你的腦袋永遠少了一個動詞

有一次，我和台灣的學生用日語對話。在我們談到學習日文這個話題時，我問他為什麼想要學日文？他說：「私は日本語の能力を……就是想要提升日文能力。」

各位猜得出來他沒能說出來的日語「……」，問題出在哪裡嗎？我想學過日語的人應該都了然於心，他的問題就是，他不知道「提升日文能力」的「提升」該用哪個日文動詞好（在這個句子裡，他可以使用「向上させたい」或「伸ばしたい」等等）。

事實上不會使用動詞這種問題不是只有他才有，我教過的學生都有這個問題，每當他們要用日文表達的時候，只想得到名詞，卻想不到該怎麼搭配動詞，或是名詞搭錯動詞了。我相信買這本書的讀者，應該也有相同的情況，否則也不會正在讀這本書了。

為什麼會有這樣的問題呢？其實原因很簡單，就是你背單字的時候，背名詞就背名詞，背動詞就背動詞，不太會把名詞和動詞放在一起背。再加上，市面上賣的某些日文教材，不是只介紹生活上的名詞，就是名詞和動詞的搭配組句（組合句子）太少，或者是搭配的組句不夠生活化。因為這些種種原因，導致你即使背了很多名詞和動詞，還是很難運用到口說或書寫上。

身為日本人和日語教學者，我可以肯定地說，名詞比較容易記憶，但

是動詞和動詞時態的變化卻很難記住，所以你必須強化的是動詞。若想要突破日文學習瓶頸、提升日文表達能力的話，就應該把「加強動詞」這個觀念落實在你每一天的日文學習上。

你可能會覺得說，為什麼是名詞和動詞的搭配？名詞和形容詞的搭配也很重要啊！沒有錯，任何詞類的搭配都很重要，不過我個人還是認為名詞跟動詞的搭配最重要，因為這兩種詞類基本上是一個句子裡面最核心的要素。

這本書介紹很多日常生活裡常用的名詞和動詞的搭配組句。我建議你多看搭配組句，多聽 CD，等你背好搭配組句，再把日文的部分遮起來，嘗試看著中文的部分講日文。只要你不斷重複這種練習，你會發現你可以更正確地用日文表達了。至於對話的部分，就當作是輔助你了解並練習日文口語的幫手吧！

我同時建議你平常看日文的時候也要多注意名詞和動詞的搭配。譬如你可以讀一篇文章，把名詞和動詞的部分 mark 起來（只要 mark 就好，不需要記），這樣可以養成重視名詞和動詞搭配組句的習慣。

自己蒐集搭配組句很好玩，而且這個學習法可以應用在其他詞類的搭配上。本書介紹的日文只是很多種搭配組句的一部分，希望能藉此點燃你多學造句的欲望。

非常感謝如何出版社給我機會，能這樣透過出書來跟日文學習者分享知識。也感謝追蹤我的臉書粉絲頁的同學們，如果沒有你們的支持按讚、留言和鼓勵，這本書不會出現在這個世界上。最後感謝我的老婆大人。如果我在七年前沒有遇到妳，這一切都不會發生。

CONTENTS

作者序　你的腦袋永遠少了一個動詞...002

這樣利用本書，讓你聽得懂和會說生活日語.........................008

★日文動詞時態說明...010

★常用的口語變化規則...024

★ PART 1 居家日常

PARTICLE 1　穿著打扮每個動詞都不一樣.............................030

關鍵組句　　衣服...030

　　　　　　下半身服飾...033

　　　　　　上半身服飾...037

　　　　　　頭和臉的裝扮...040

　　　　　　其他服飾配件...044

PARTICLE 2　煮飯很麻煩，相關動詞也很多變.....................048

關鍵組句　　吃飯...048

　　　　　　魚、肉、蛋、奶類...051

　　　　　　水果、蔬菜...055

　　　　　　飲料...059

PARTICLE 3　多菜多健康，多背動詞好多聊.........................062

關鍵組句　　煮菜...062

　　　　　　調味、廚房用具...066

　　　　　　收拾餐桌...069

　　　　　　COLUMN 日本人不會這樣講.................................072

PARTICLE 4　　家，就是最大的動詞寶庫....................................074
關鍵組句　　　電視機....................................074

冷氣、風扇、暖爐....................................078

冰箱、洗衣機....................................081

客廳....................................085

電力裝置....................................088

廚房設備....................................091

臥房....................................095

浴廁....................................098

家具布置....................................102

玄關、門禁....................................105

COLUMN 日本人不會這樣講....................................109

PARTICLE 5　　變美、變帥的動詞，怎麼說才漂亮？....................................110
關鍵組句　　　頭髮、髮型....................................110

化妝....................................114

保養肌膚....................................117

整形....................................120

PARTICLE 6　　會修東修西才稱得上一家之主....................................124
關鍵組句　　　DIY修繕....................................124

★ PART 2 身體健康

PARTICLE 1　　疲憊時動動眼睛、嘴巴就換個心情了....................................130

關鍵組句　　頭和臉等身體部位 130

　　　　　　手和腳等身體部位 134

　　　　　　軀幹 138

PARTICLE 2　多動、多喝水、多流汗，代謝循環好就健康 142

關鍵組句　　流汗、流淚、上大小號 142

PARTICLE 3　看醫生便利不貴很好，但藥吃太多很不好 146

關鍵組句　　醫院 146

PARTICLE 4　沒打過棒球，也一定看過棒球賽吧！ 152

關鍵組句　　非球類運動 152

　　　　　　球類運動 157

★ PART 3 商業交通

PARTICLE 1　有錢好辦事，沒錢時日子照樣過 164

關鍵組句　　信用卡 164

　　　　　　金錢 169

　　　　　　COLUMN 日本人不會這樣講 173

PARTICLE 2　你今天LINE了沒，臉書打卡了嗎？ 174

關鍵組句　　智慧型手機、社群平台 174

　　　　　　電腦、網路 179

PARTICLE 3　改變便利貼的用法，辦公心情煥然一新 184

關鍵組句　　辦公事務用品 184

PARTICLE 4　搭公車讓座和選擇不讓座，其實是一門學問 188

關鍵組句　　大眾運輸工具 188

★ PART 4 校園生活

PARTICLE 1　離開學校以後，才開始想念校園的生活 196

關鍵組句　校園記事 196

PARTICLE 2　被問到日文學習問題時，要怎麼回答？ 202

關鍵組句　日語學習 202

　　　　　COLUMN 日本人不會這樣講 207

PARTICLE 3　成績單是給自己看的，還是給父母看的？ 208

關鍵組句　校務 208

PARTICLE 4　齁喔～約會，小心校外談戀愛被抓包 212

關鍵組句　校外聯誼 212

★ PART 5 休閒活動

PARTICLE 1　拜廉航之賜，台日的交流更緊密了 218

關鍵組句　旅行 218

PARTICLE 2　吃吃喝喝、唱歌、看電影，是很花錢的紓壓法 224

關鍵組句　都會圈的休閒娛樂 224

PARTICLE 3　一群人相聚很歡樂，只有兩個人一起甜蜜蜜 230

關鍵組句　約會 230

PARTICLE 4　怕孤單？養隻寵物陪你，看看書共享靜謐時光吧！ 234

關鍵組句　照顧寵物 234

這樣利用本書，讓你聽得懂和會說生活日語

學習語言的目的，就是要讓使用該語言為母語的人，聽得懂你說的話。然而，台灣的日文學習者所使用的教材，大部分的句型都是以ます、です等正式場合的用法為主。因此，導致不少學習者在與日本人溝通，或是看日劇、日本原文漫畫和小說時，常常會有腦袋一時轉不過來，得想一下才會知道，喔～那句話原來是這個意思啊。

這本書除了幫大家統整「名詞＋動詞」的組合句子之外，更重要的是，希望協助大家更方便地記憶生活用語，所以示範的對話都以日本人生活日常的說法，也就是口語化的方式來呈現，編寫的例句也特別區分出男女生的不同語法，在「這種情形，要這樣說」單元中的雉雞和猴子圖示，代表女生，而桃太郎和狗則是男生的用語。各位只要配合 CD 多聽，並且跟著朗讀，將更能體會語法上的不同。

現實中，日本人和家人、朋友或學弟學妹等熟人講話時，通常會用所謂的「タメ口」，也就是常體型。當你和很要好的日本朋友聊天時，如果一直用「です、ます」型的話，反而會讓對方誤會你要跟

他保持距離。雖然「です、ます」型是最安全、最不會得罪人的講話方式，但是如果你希望能在更深入的層面上和日本人打交道，那麼「タメ口」就是你必須學會的能力。

在此特別為大家整理出「常用的口語變化規則」，讓各位能更快掌握如何說一口「日本人在使用，而且聽得懂的日語」。文中介紹的規則是在口語上比較常見的變化，譬如動詞現在進行式的「～している」，在口語場合會省略中間的「い」，變成「～してる」。由於口語要求的是簡潔，所以這種省略常會發生。不過請注意，這並不表示你在講日文的時候一定要按照這些規則來改變你的說法。事實上，日本人和朋友聊天時也會有使用「～している」句型的時候。

我建議你在看本書的對話時，如果遇到不懂其結構的句子，就可以參考本篇後方所列的「常用口語變化表」，了解其中的道理。加強這方面的知識，對你聽懂日劇或動漫一定會有所幫助。

另外，由於正常對話時，根據事件的發生時間，說法上會運用到不同的時態句型，而書中所列選的動詞組句皆以原型動詞來表現。因此為了讓大家更有效地使用本書，在這裡也特別舉例說明有關時態的變化和如何運用，各位可以參考以下所列的「動詞時態說明」和「動詞時態變化表」來套用書中的「關鍵組句」。

日文動詞時態說明

本書根據不同生活情境收錄的「關鍵組句」皆以原型動詞呈現。然而在現實場景與人對話時，一定會用上不同的時間變化，為了方便各位利用本書，在此也說明一下時態變化的通則，同時表列出書中出現的動詞原型與不同時態。

希望各位每天都能花點時間，把本書所列選的動詞原型和時態變化背下來，長期下來不但可以幫助你掌握動詞的變化，對於聽力和對話的實力也會有長足的進步。

動詞原型

A：表示意願或計畫

例1 食(た)べる？　　　　　　　　　　你要吃嗎？

例2 来年(らいねん)日本(にほん)に旅行(りょこう)へ行(い)く。　　　我明年打算去日本玩。

B：表示習慣。通常和助詞「は」一起使用

例1 小説(しょうせつ)は読(よ)む？　　　　　　　　你會看小說嗎？

例2 朝(あさ)は７時(しちじ)に起(お)きる。　　　　　我早上七點起床。

動詞＋ている／でいる

A：表示正在做的動作

例1 今会社で昼ご飯を食べている。　　　我正在公司吃午餐。

例2 何の本を読んでいるの？　　　你在看什麼書呢？

例3 妻が韓国のドラマを見ている。　　　老婆在看韓劇。

B：表示一直持續到現在的事情

例 朝からずっと働いている。　　　我從早上一直工作到現在。

C：表示習慣

例1 普段は日本のドラマを見ている。　　　我平常看日劇。

例2 いつもは小説を読んでいる。　　　我平常看小説。

D：表示狀態

例1 窓が開いている。　　　窗戶開著。

例2 電気が点いている。　　　燈開著。

動詞＋た／だ

A：表示過去某個時間點的動作或發生的事情

例1 昨日は雨が降った。　　　昨天下雨。

例2 昨日は１０時に寝た。　　　我昨天十點睡覺。

B：表示事情的完成或變化

例1 料理ができた。　　　　　　　　　　　　料理煮好了。
　　りょうり

例2 彼は億万長者になった。　　　　　　　他變成億萬富翁了。
　　かれ　おくまんちょうじゃ

動詞＋ていた／～でいた

A：表示在過去的某個時間點在做的動作

例 昨日の昼は学校でご飯を食べていた。
　　きのう　ひる　がっこう　　はん　た

昨天中午我在學校吃飯。

B：表示在某段期間一直持續做的事情

例 その日は朝から晩まで働いていた。
　　ひ　あさ　　ばん　　はたら

那天我從早上一直工作到晚上。

C：表示過去某段期間的習慣

例 若い頃は筋肉を鍛えていた。　　我年輕的時候有練肌肉。
　　わか　ころ　きんにく　きた

D：表示過去某個時間點的狀態

例1 会場は人で溢れていた。　　　會場充滿著人群。
　　かいじょう　ひと　あふ

例2 昨日の昼は雨が降っていた。　　昨天中午有下雨。
　　きのう　ひる　あめ　ふ

動詞時態變化表

中文	動詞原型	～て／でいる	～た／だ	～て／でいた
あ 見面	会う	会っている	会った	会っていた
上、升	上がる	上がっている	上がった	上がっていた
給	あげる	あげている	あげた	あげていた
炸	揚げる	揚げている	揚げた	揚げていた
抬	上げる	上げている	上げた	上げていた
舉	挙げる	挙げている	挙げた	挙げていた
存放、託管	預ける	預けている	預けた	預けていた
玩	遊ぶ	遊んでいる	遊んだ	遊んでいた
中、碰	当たる	当たっている	当たった	当たっていた
加熱	温める	温めている	温めた	温めていた
收集	集める	集めている	集めた	集めていた
擊中、照射	当てる	当てている	当てた	当てていた
洗	洗う	洗っている	洗った	洗っていた
走	歩く	歩いている	歩いた	歩いていた
説	言う	言っている	言った	言っていた
去	行く	行っている	行った	行っていた
痛	痛む	痛んでいる	痛んだ	痛んでいた
炒	炒める	炒めている	炒めた	炒めていた
放入	入れる	入れている	入れた	入れていた
種	植える	植えている	植えた	植えていた

中文	動詞原型	～て／でいる	～た／だ	～て／でいた
浮現、泛出	浮かべる	浮かべている	浮かべた	浮かべていた
考（試）、接受	受ける	受けている	受けた	受けていた
唱歌	歌う	歌っている	歌った	歌っていた
拍、打	打つ	打っている	打った	打っていた
照射、拍照	写す	写している	写した	写していた
點頭	頷く	頷いている	頷いた	頷いていた
低頭	項垂れる	項垂れている	項垂れた	項垂れていた
產生、滋長	生む	生んでいる	生んだ	生んでいた
潤澤、浸濕	潤す	潤している	潤した	潤していた
選	選ぶ	選んでいる	選んだ	選んでいた
完成、結束	終える	終えている	終えた	終えていた
起來、起床	起きる	起きている	起きた	起きていた
放下、擱著	置く	置いている	置いた	置いていた
送、投	送る	送っている	送った	送っていた
叫醒、引起	起こす	起こしている	起こした	起こしていた
請客	おごる	おごっている	おごった	おごっていた
推、按	押す	押している	押した	押していた
陷入	陥る	陥っている	陥った	陥っていた
跌落、掉落	落ちる	落ちている	落ちた	落ちていた
摔、掉	落とす	落としている	落とした	落としていた
記住	覚える	覚えている	覚えた	覚えていた
回憶、想起	思い出す	思い出している	思い出した	思い出していた

中文	動詞原型	〜て／でいる	〜た／だ	〜て／でいた
游泳	泳ぐ	泳いでいる	泳いだ	泳いでいた
下車、下降	降りる	降りている	降りた	降りていた
折、斷	折れる	折れている	折れた	折れていた
批發	卸す	卸している	卸した	卸していた
降下、放下	下ろす	下ろしている	下ろした	下ろしていた
結束	終わる	終わっている	終わった	終わっていた
買	買う	買っている	買った	買っていた
飼養	飼う	飼っている	飼った	飼っていた
還	返す	返している	返した	返していた
改變、變動	変える	変えている	変えた	変えていた
換、交換	換える	換えている	換えた	換えていた
替換	替える	替えている	替えた	替えていた
回來	帰る	帰っている	帰った	帰っていた
懸掛	掲げる	掲げている	掲げた	掲げていた
掛、花費	掛かる	掛かっている	掛かった	掛かっていた
蹲下	かがむ	かがんでいる	かがんだ	かがんでいた
搔、抓	かく	かいている	かいた	かいていた
寫	書く	書いている	書いた	書いていた
描繪	描く	描いている	描いた	描いていた
藏	隠す	隠している	隠した	隠していた
掛上	かける	かけている	かけた	かけていた
遮、揮舉	かざす	かざしている	かざした	かざしていた

か

中文	動詞原型	～て／でいる	～た／だ	～て／でいた
借出、出租	貸す	貸している	貸した	貸していた
賺、掙	稼ぐ	稼いでいる	稼いだ	稼いでいた
算、數	数える	数えている	数えた	数えていた
（頭）戴	かぶる	かぶっている	かぶった	かぶっていた
咬、咀嚼	噛む	噛んでいる	噛んだ	噛んでいた
借、租	借りる	借りている	借りた	借りていた
乾燥	乾く	乾いている	乾いた	乾いていた
思量、認為	考える	考えている	考えた	考えていた
鍛鍊	鍛える	鍛えている	鍛えた	鍛えていた
切、割	切る	切っている	切った	切っていた
斷開、能切	切れる	切れている	切れた	切れていた
忍耐	食いしばる	食いしばっている	食いしばった	食いしばっていた
腐爛	腐る	腐っている	腐った	腐っていた
折毀、崩壞	崩す	崩している	崩した	崩していた
結合、接合	くっつける	くっつけている	くっつけた	くっつけていた
分配、分送	配る	配っている	配った	配っていた
組成、合夥	組む	組んでいる	組んだ	組んでいた
施加、加上	加える	加えている	加えた	加えていた
熄滅	消す	消している	消した	消していた
刪、削減	削る	削っている	削った	削っていた
踢	蹴る	蹴っている	蹴った	蹴っていた
踩、划	漕ぐ	漕いでいる	漕いだ	漕いでいた

中文	動詞原型	～て／でいる	～た／だ	～て／でいた
燒焦	焦げる	焦げている	焦げた	焦げていた
擦、搓	こする	こすっている	こすった	こすっていた
尋找	探す	探している	探した	探していた
下降、降低	下がる	下がっている	下がった	下がっていた
放低、下降	下げる	下げている	下げた	下げていた
指、撐（傘）	さす	さしている	さした	さしていた
讓、指使	させる	させている	させた	させていた
涼、冷卻	冷める	冷めている	冷めた	冷めていた
觸碰、摸	触る	触っている	触った	触っていた
責罵	叱る	叱っている	叱った	叱っていた
管教	しつける	しつけている	しつけた	しつけていた
支付、付款	支払う	支払っている	支払った	支払っていた
發麻	しびれる	しびれている	しびれた	しびれていた
繫緊、綁緊	締める	締めている	締めた	締めていた
調查	調べる	調べている	調べた	調べていた
吸進、抽	吸い込む	吸い込んでいる	吸い込んだ	吸い込んでいた
撈取	すくう	すくっている	すくった	すくっていた
度過、消磨	過ごす	過ごしている	過ごした	過ごしていた
扔、拋棄	捨てる	捨てている	捨てた	捨てていた
滑、溜	滑る	滑っている	滑った	滑っていた
做、弄	する	している	した	していた
坐、跪坐	座る	座っている	座った	座っていた

さ

中文	動詞原型	～て／でいる	～た／だ	～て／でいた
染	染める そ	染めている そ	染めた そ	染めていた そ
剃、刮	剃る そ	剃っている そ	剃った そ	剃っていた そ
放平、擱倒	倒す たお	倒している たお	倒した たお	倒していた たお
煮	炊く た	炊いている た	炊いた た	炊いていた た
煮好飯	炊ける た	炊けている た	炊けた た	炊けていた た
加添	足す た	足している た	足した た	足していた た
送出、拿出	出す だ	出している だ	出した だ	出していた だ
訪問	訪ねる たず	訪ねている たず	訪ねた たず	訪ねていた たず
詢問	尋ねる たず	尋ねている たず	尋ねた たず	尋ねていた たず
敲、拍	叩く たた	叩いている たた	叩いた たた	叩いていた たた
站立	立つ た	立っている た	立った た	立っていた た
豎起	立てる た	立てている た	立てた た	立てていた た
吃	食べる た	食べている た	食べた た	食べていた た
積存	たまる	たまっている	たまった	たまっていた
儲存、儲蓄	ためる	ためている	ためた	ためていた
借助、依靠	頼る たよ	頼っている たよ	頼った たよ	頼っていた たよ
夠、足夠	足りる た	足りている た	足りた た	足りていた た
弄得亂七八糟	散らかす ち	散らかしている	散らかした	散らかしていた
使用	使う つか	使っている つか	使った つか	使っていた つか
被抓、被捕	つかまる	つかまっている	つかまった	つかまっていた
沾上、附著	つく	ついている	ついた	ついていた
捅、戳	突く つ	突いている つ	突いた つ	突いていた つ

た

中文	動詞原型	～て／でいる	～た／だ	～て／でいた
製作、作	つくる	つくっている	つくった	つくっていた
安上、貼上	つける	つけている	つけた	つけていた
抹上、淋上	付ける	付けている	付けた	付けていた
繫、連接	つなぐ	つないでいる	つないだ	つないでいた
打發、擠掉	つぶす	つぶしている	つぶした	つぶしていた
抓取、捏去	つまむ	つまんでいる	つまんだ	つまんでいた
堵塞、卡住	詰まる	詰まっている	詰まった	詰まっていた
吊、掛	つる	つっている	つった	つっていた
辦得到	できる	できている	できた	できていた
出發、離開	出る	出ている	出た	出ていた
解開、打開	解く	解いている	解いた	解いていた
磨	研ぐ	研いでいる	研いだ	研いでいた
關、蓋	閉じる	閉じている	閉じた	閉じていた
到達	届く	届いている	届いた	届いていた
送交	届ける	届けている	届けた	届けていた
跳、飛	飛ぶ	飛んでいる	飛んだ	飛んでいた
停止	止まる	止まっている	止まった	止まっていた
住宿	泊まる	泊まっている	泊まった	泊まっていた
停、止住	とめる	とめている	とめた	とめていた
取得、獲得	取る	取っている	取った	取っていた
修理、改正	直す	直している	直した	直していた
治療	治す	治している	治した	治していた

な

中文	動詞原型	～て／でいる	～た／だ	～て／でいた
流、放	流す	流している	流した	流していた
流動	流れる	流れている	流れた	流れていた
哭叫、鳴叫	鳴く	鳴いている	鳴いた	鳴いていた
丟失、丟掉	なくす	なくしている	なくした	なくしていた
消失、不見	なくなる	なくなっている	なくなった	なくなっていた
抛、擲	投げる	投げている	投げた	投げていた
撫摸	なでる	なでている	なでた	なでていた
舔	なめる	なめている	なめた	なめていた
鳴放、吹奏	鳴らす	鳴らしている	鳴らした	鳴らしていた
排、並排	並ぶ	並んでいる	並んだ	並んでいた
排列、擺	並べる	並べている	並べた	並べていた
做、成為	なる	なっている	なった	なっていた
鳴唱、響	鳴る	鳴っている	鳴った	鳴っていた
握、抓	握る	握っている	握った	握っていた
縫	縫う	縫っている	縫った	縫っていた
拔掉、抽出	抜く	抜いている	抜いた	抜いていた
脫掉、漏掉	抜ける	抜けている	抜けた	抜けていた
塗、敷	塗る	塗っている	塗った	塗っていた
發酵、哄睡	寝かせる	寝かせている	寝かせた	寝かせていた
保留、剩餘	残す	残している	残した	残していた
剩下、留下	残る	残っている	残った	残っていた
伸展、伸直	伸ばす	伸ばしている	伸ばした	伸ばしていた

中文	動詞原型	～て／でいる	～た／だ	～て／でいた
登、 爬	登る _{のぼ}	登っている _{のぼ}	登った _{のぼ}	登っていた _{のぼ}
喝	飲む _の	飲んでいる _の	飲んだ _の	飲んでいた _の
搭乘、 騎乘	乗る _の	乗っている _の	乗った _の	乗っていた _の
進入、 列入	入る _{はい}	入っている _{はい}	入った _{はい}	入っていた _{はい}
測量	測る _{はか}	測っている _{はか}	測った _{はか}	測っていた _{はか}
丈量、 秤重	計る _{はか}	計っている _{はか}	計った _{はか}	計っていた _{はか}
吐	吐く _は	吐いている _は	吐いた _は	吐いていた _は
鼓勵	励ます _{はげ}	励ましている _{はげ}	励ました _{はげ}	励ましていた _{はげ}
搬、 載運	運ぶ _{はこ}	運んでいる _{はこ}	運んだ _{はこ}	運んでいた _{はこ}
開始、 開頭	始まる _{はじ}	始まっている _{はじ}	始まった _{はじ}	始まっていた _{はじ}
開始、 動手	始める _{はじ}	始めている _{はじ}	始めた _{はじ}	始めていた _{はじ}
跑	走る _{はし}	走っている _{はし}	走った _{はし}	走っていた _{はし}
解開、 取下	外す _{はず}	外している _{はず}	外した _{はず}	外していた _{はず}
濺、 跳	はねる	はねている	はねた	はねていた
付	払う _{はら}	払っている _{はら}	払った _{はら}	払っていた _{はら}
貼、 黏	貼る _は	貼っている _は	貼った _は	貼っていた _は
冷卻	冷える _ひ	冷えている _ひ	冷えた _ひ	冷えていた _ひ
推、 彈	ひく	ひいている	ひいた	ひいていた
拉	引く _ひ	引いている _ひ	引いた _ひ	引いていた _ひ
跪	跪く _{ひざまず}	跪いている _{ひざまず}	跪いた _{ひざまず}	跪いていた _{ひざまず}
皺（眉）	ひそめる	ひそめている	ひそめた	ひそめていた
縮回、 撤回	引っ込める _{ひ こ}	引っ込めている _{ひ こ}	引っ込めた _{ひ こ}	引っ込めていた _{ひ こ}

は

中文	動詞原型	～て／でいる	～た／だ	～て／でいた
扭	ひねる	ひねっている	ひねった	ひねっていた
開啟、打開	開く	開いている	開いた	開いていた
撿、拾	拾う	拾っている	拾った	拾っていた
抹、擦拭	拭く	拭いている	拭いた	拭いていた
踏	踏む	踏んでいる	踏んだ	踏んでいた
增添	増やす	増やしている	増やした	増やしていた
搖擺	振る	振っている	振った	振っていた
發抖	震える	震えている	震えた	震えていた
摸、接觸	触れる	触れている	触れた	触れていた
吠叫	吠える	吠えている	吠えた	吠えていた
摳	ほじる	ほじっている	ほじった	ほじっていた
弄細	細める	細めている	細めた	細めていた
讚美、誇獎	褒める	褒めている	褒めた	褒めていた
轉彎	曲がる	曲がっている	曲がった	曲がっていた
裹、繞	巻く	巻いている	巻いた	巻いていた
彎曲、捲曲	曲げる	曲げている	曲げた	曲げていた
摻、混	混ぜる	混ぜている	混ぜた	混ぜていた
弄錯	間違える	間違えている	間違えた	間違えていた
等	待つ	待っている	待った	待っていた
整理在一起	まとめる	まとめている	まとめた	まとめていた
迷失	迷う	迷っている	迷った	迷っていた
扭轉	回す	回している	回した	回していた

ま

中文	動詞原型	～て／でいる	～た／だ	～て／でいた
顯示	見せる	見せている	見せた	見せていた
發現	見つける	見つけている	見つけた	見つけていた
看	見る	見ている	見た	見ていた
面對、剝	むく	むいている	むいた	むいていた
持有	持つ	持っている	持った	持っていた
退回、返回	戻す	戻している	戻した	戻していた
領取、得到	もらう	もらっている	もらった	もらっていた
洩漏、漏掉	漏れる	漏れている	漏れた	漏れていた
烤	焼く	焼いている	焼いた	焼いていた
收手、停止	やめる	やめている	やめた	やめていた
讓	譲る	譲っている	譲った	譲っていた
擺動、搖晃	揺れる	揺れている	揺れた	揺れていた
醉、暈	酔う	酔っている	酔った	酔っていた
裝、盛（飯）	よそう	よそっている	よそった	よそっていた
招呼、呼叫	呼ぶ	呼んでいる	呼んだ	呼んでいた
讀、看	読む	読んでいる	読んだ	読んでいた
燒水	沸かす	沸かしている	沸かした	沸かしていた
分開	分ける	分けている	分けた	分けていた
忘記	忘れる	忘れている	忘れた	忘れていた
交、遞	渡す	渡している	渡した	渡していた
割、弄碎	割る	割っている	割った	割っていた
破掉	割れる	割れている	割れた	割れていた

や

わ

常用的口語變化規則

曾有學生跟我說，他覺得講日語很累，句子好長，舌頭都打結了，其實日常口語不會像台灣多數的日文學習書所舉例的句子那樣長，譬如說「明日は晴れると言ってたよ」（氣象預報說明天會放晴。）現實生活中，通常會這樣說「明日は晴れるって」。各位把這兩句多唸幾遍比較看看，是不是覺得口語化更順、更流利呢？

本書特別為大家列出 40 種常用的口語變化規則，只要把這些規則學到手，就可以幫助你看懂、聽懂，而且會說「日本人天天在用的日語」。

1：と→って	2：という→っていう
嵐は最高と思う 例 →嵐は最高って思う 我覺得嵐最棒	紅という歌知ってる？ 例 → 紅っていう歌知ってる？ 你知道一首叫作《紅》的歌嗎？
3：と言ってたよ→って	4：というのは→って
明日は晴れると言ってたよ 例 →明日は晴れるって 氣象預報說明天會放晴	お母さんというのは大変 例 →お母さんって大変 當媽媽好辛苦
5：では→じゃ	6：てしまった→ちゃった
あいつは人間ではない 例 →あいつは人間じゃない 那傢伙不是人	寝坊してしまった 例 →寝坊しちゃった 不小心睡過頭了

7：てしまう→ちゃう	8：てしまいなよ→ちゃいなよ
例 ついついポテチを食べてしまう →ついついポテチを食べちゃう 會忍不住吃起洋芋片	例 <ruby>告白<rt>こくはく</rt></ruby>してしまいなよ →<ruby>告白<rt>こくはく</rt></ruby>しちゃいなよ 你乾脆跟他告白啊！
9：ている→てる	10：てる→てん　　　（關西腔）
例 <ruby>何<rt>なに</rt></ruby>しているの？ →<ruby>何<rt>なに</rt></ruby>してるの？ 你在幹嘛？	例 <ruby>何<rt>なに</rt></ruby>してるの？ →<ruby>何<rt>なに</rt></ruby>してんの？ 你在幹嘛？
11：なければ→なきゃ	12：ては→ちゃ
例 <ruby>嵐<rt>あらし</rt></ruby>がいなければ死んでしまう →<ruby>嵐<rt>あらし</rt></ruby>がいなきゃ<ruby>死<rt>し</rt></ruby>んでしまう 沒有嵐・我會死	例 ダイエットしなくてはいけない →ダイエットしなくちゃいけない 不減肥不行
13：てお→と	14：れは→りゃ
例 <ruby>覚<rt>おぼ</rt></ruby>えておけよ！ →<ruby>覚<rt>おぼ</rt></ruby>えとけよ！ 你給我記住！	例 それはひど<ruby>過<rt>す</rt></ruby>ぎるね →そりゃひど<ruby>過<rt>す</rt></ruby>ぎるね 那太過分了
15：ら→ん	16：る→ん
例 <ruby>私<rt>わたし</rt></ruby>には<ruby>分<rt>わ</rt></ruby>からないよ →<ruby>私<rt>わたし</rt></ruby>には<ruby>分<rt>わ</rt></ruby>かんないよ 我不懂耶	例 ふざけるな！ →ふざけんな！ 開什麼玩笑！
17：れ→ん	18：省略助詞に
例 <ruby>信<rt>しん</rt></ruby>じられないよ →<ruby>信<rt>しん</rt></ruby>じらんないよ 不敢相信	例 どこに<ruby>行<rt>い</rt></ruby>くの？ →どこ<ruby>行<rt>い</rt></ruby>くの？ 你要去哪裡？

19：省略助詞を	20：省略助詞は
例	何_{なに}を食_たべる予定_{よてい}？ →何_{なに}食_たべる予定_{よてい}？ 你打算要吃什麼？	例	桃太郎_{ももたろう}はかっこいいね →桃太郎_{ももたろう}かっこいいね 桃太郎很帥耶！
21：ばかり→ばっか	**22：じゃないか→じゃん**
例	嵐_{あらし}のファンになったばかりだよ →嵐_{あらし}のファンになったばっかだよ 我才剛成為嵐飯	例	これ意外_{いがい}においしいじゃないか →これ意外_{いがい}においしいじゃん 這個出乎意料地好吃耶
23：ては→ちゃ	**24：といけないね→とね**
例	だって迷惑_{めいわく}かけては悪_{わる}いし →だって迷惑_{めいわく}かけちゃ悪_{わる}いし 因為我不想給你添麻煩	例	全部_{ぜんぶ}食べないといけないね →全部_{ぜんぶ}食べないとね 要全部吃完才可以
25：だったかな→だっけ	**26：てください→て**
例	あの人誰_{ひとだれ}だったかな？ →あの人誰_{ひとだれ}だっけ？ 我忘了那個人是誰？	例	おごってください（禮貌說法） →おごって（不客氣的說法） 請我吃飯
27：省略でいいの？	**28：ところ→とこ**
例	お茶碗半分_{ちゃわんはんぶん}でいいの？ →お茶碗半分_{ちゃわんはんぶん}？ 半碗就好嗎？（幫別人添飯時）	例	特_{とく}に変_かわったところはないよ →特_{とく}に変_かわったとこはないよ 沒有特別奇怪的地方啊！
29：そんな→んな	**30：本当に→ホント**
例	そんなこと言_いってないよ！ →んなこと言_いってないよ！ 我才沒有說那種話呢！	例	桃太郎_{ももたろう}は本当_{ほんとう}にかっこいいね →桃太郎_{ももたろう}はホントかっこいいね 桃太郎真的很帥耶！

31：ていく→てく	32：ようか→よっか
例 泣きやまないなら置いていくよ！ →泣きやまないなら置いてくよ！ 你再哭，我就不帶你去！	例 社長無視して食べようか →社長無視して食べよっか 我們不等老闆就先吃吧！
33：形容詞／副詞＋っ	34：っぱなし→っぱ
例 とても→とっても 非常 きつい→きっつい 辛苦／緊 すごい→すっごい 厲害	例 立ちっぱなしで疲れた →立ちっぱで疲れた 因為一直站著而感到累
35：もう1回→もっかい	36：よう→よ
例 もう1回言って →もっかい言って 你再說一次	例 仲直りしよう →仲直りしよ 我們和好吧
37：くれない→くんない	38：ない→ねー　　　　（粗魯說法）
例 それ取ってくれない？ →それ取ってくんない？ 可以幫我拿那個嗎？	例 知らないよ →知らねーよ 我哪知啊！
39：省略ないと後面的ダメ	40：の→ん　　　　　　　（方言）
例 ちゃんと手洗わないとダメだよ →ちゃんと手洗わないと 你手不洗乾淨不行喔！	例 食べるの？ →食べるん？ 你要吃嗎？

PART I
"居家日常"

穿著打扮
每個動詞都不一樣

每天出門都要傷腦筋一番，甚至還有人因為要選什麼衣服搞得上班遲到的。本章將依身體各部位和配件為中心，幫大家整理出平常口語上會使用到的相關動詞。

搭配 CD 多聽多唸就記住！

關鍵組句　　　　　　　　　　　　　CD1-1-1

來練習一下與衣服相關的動詞組句。

送洗衣服

服をクリーニングに**出**す

把衣服從櫃子裡拿出來

タンスから**服**を**取**り**出**す

把衣服收進櫃子裡

タンスに**服**をしまう

抓住（對方的）衣服	收（洗好的）衣服

服をつかむ　　　　　　**洗濯物**を**取**り**込**む

摺衣服	掛衣服

服を**畳**む　　　　　　　**服**を**掛**ける

曬衣服	穿衣服
服を干す	服を着る

換衣服	燙衣服
服を着替える	服にアイロンをかける

脫衣服	縫衣服
服を脱ぐ	服を縫う

洗衣服	試穿衣服
服を洗う	服を試着する

弄髒衣服	衣服破了
服を汚す	服が破れた

 這種情形，要這樣說　　CD1-1-2

① 服破れちゃったよ。縫ってくれない？

衣服破了，可以幫我縫補嗎？

 はいはい。

好啦～

② この服なんか臭うね。

這件衣服怎麼這麼臭。

どうせずっと洗ってないんでしょ？

你一直沒有洗吧？

いや、先月クリーニングに出したばっかだよ。

哪有，上個月才剛送洗啊。

③ ベランダの洗濯物取り込んでくれる？

可以幫我把陽台的衣服收進來嗎？

はーい。

好啦。

ついでに畳んでタンスにしまっといてね。

然後順便幫我摺一摺，收進衣櫃喔。

はあ、面倒だけど仕方ないね。

好吧，雖然很麻煩！

なに？文句あんの？

怎樣？有意見嗎？

いえ、滅相もございません！

不！小的不敢！

還可以這樣說

進階練習！相關用語

CD 1-1-3

前面的組句都熟練了嗎？
請嘗試一下自己造句看看吧！

衣服皺巴巴

服がしわくちゃ

毛衣產生靜電

セーターに静電気が走る

壓平衣服皺褶

服のしわを伸ばす

衣服吊牌沒拆

服に値札が付いたまま

反穿衣服

服が表裏逆

除毛屑

毛玉を取る

 關鍵組句

搭配 CD 多聽多唸就記住！

CD 1-1-4

練習一下與下半身服飾，
包括裙子、褲子、襪子、鞋子等相關的動詞組句。

高跟鞋鞋跟卡在手扶梯上

ヒールがエスカレーターにはまる

手插褲子口袋

ズボンのポケットに手をつっ込む

絲襪脫線

ストッキングが伝線する

穿裙子	抓住裙子
スカートをはく	**スカートをつかむ**
掀裙子	改短長褲
スカートをめくる	**ズボンの裾上げをする**
鞋跟磨損	擺好鞋子
靴のかかとがすり減る	**靴をそろえる**
試穿鞋子	丟鞋子
靴を試着する	**靴を投げる**
穿兩層襪子	襪子破洞
靴下を二重にはく	**靴下に穴があく**
襪子濕了	擦皮鞋
靴下が濡れた	**革靴を磨く**
綁鞋帶	鞋帶掉了
靴ひもを結ぶ	**靴ひもがほどけた**

內衣被偷走	高跟鞋鞋跟斷了
下着を盗まれる	ヒールが折れた

 這種情形，要這樣說　　　CD1-1-5

① ちょっと！スカートめくらないでよ！
欸！不要掀我的裙子啦！

いいじゃん、減るもんじゃないし。
沒關係嘛，又不會少塊肉。

② このズボンの裾上げをしてもらえますか？
可以幫我把這個長褲（長度）改短嗎？

 かしこまりました。
好的。

③ くそ、靴下に穴あいちゃったよ。

可惡！襪子破洞了。

 ちゃんと洗わないからよ。

誰叫你沒有好好洗。

④ やだ、ストッキング伝線しちゃった。

很煩耶，絲襪脫線了。

 夜市で安物買うからだよ。

誰叫你在夜市買便宜貨。

⑤ 靴ひもほどけてるよ。

你的鞋帶掉了喔。

 あれ、ほんとだ。ちゃんと結んだはずなのに。

啊，真的耶。奇怪，我明明有綁緊。

進階練習！相關用語

還可以這樣說 CD1-1-6

前面的組句都熟練了嗎？
請嘗試一下也自己造句看看吧！

把襪子包起來

<ruby>靴下<rt>くつした</rt></ruby>を<ruby>丸<rt>まる</rt></ruby>める

把鞋帶綁蝴蝶結

<ruby>靴<rt>くつ</rt></ruby>ひもを<ruby>蝶々結<rt>ちょうちょうむす</rt></ruby>びにする

皮鞋擦得閃閃發亮

<ruby>革靴<rt>かわぐつ</rt></ruby>をピカピカに<ruby>磨<rt>みが</rt></ruby>く

把斷掉的鞋跟用黏著劑黏起來

<ruby>折<rt>お</rt></ruby>れたヒールを<ruby>接着剤<rt>せっちゃくざい</rt></ruby>でくっつける

關鍵組句

搭配 CD 多聽多唸就記住！

CD 1-1-7

來練習一下與上半身服飾，包括領帶、圍巾、圍裙、披肩、釦子、拉鍊、項鍊、胸罩等相關的動詞組句。

打領帶	調整領帶
ネクタイをする	**ネクタイを<ruby>直<rt>なお</rt></ruby>す**
解領帶	披上披肩
ネクタイを<ruby>外<rt>はず</rt></ruby>す	**ショールを<ruby>羽織<rt>はお</rt></ruby>る**
脫圍巾	編織圍巾
マフラーを<ruby>外<rt>はず</rt></ruby>す	**マフラーを<ruby>編<rt>あ</rt></ruby>む**
圍上圍巾	穿圍裙
マフラーをする	**エプロンをつける**

扣釦子	解開釦子
ボタンをとめる	ボタンを外_{はず}す

ボタンをとめる / ボタンを外す

釦子脫落	拉開拉鍊
ボタンが外れる	ファスナーを開ける

拉上拉鍊	拉鍊卡住
ファスナーをしめる	ファスナーが引っかかる

戴項鍊	解開項鍊
ネックレスをつける	ネックレスを外す

穿胸罩	脫胸罩
ブラジャーをつける	ブラジャーを外す

解開胸罩釦子

ブラジャーのホックを外_{はず}す

這種情形，要這樣說　CD 1-1-8

① 寒いだろ？一緒にマフラー巻こうか？

很冷吧？要不要一起圍上圍巾？

 うん、うれしい。

嗯，好開心。

② なんでショール羽織ってんの？

你幹嘛要披披肩啊？

 だって冷房きつすぎなんだもん。

因為冷氣太強啊。

③ ごめん、ちょっと袖のボタンとめてくれない？

不好意思，可以幫我扣袖子的釦子嗎？

 はいはい、動かないでね。

好啦～不要動哦。

④ 背中のファスナーしめてくれる？

可以幫我拉上背後的拉鍊嗎？

 OK。あれ？なんか引っかかって動かないよ。

OK。咦？好像卡住了耶，怎麼也拉不動。

⑤ ブラジャーのホック外^{はず}してあげようか？

要不要幫你解開胸罩的釦子？

 変態^{へんたい}！あっち行^いけ！

變態！走開啦！

 還可以這樣說　進階練習！相關用語　CD 1-1-9

前面的組句都熟練了嗎？下面列出女生一定（應該）會用到的相關用語。
也請嘗試一下自己造句看看吧！

想要學長的第二顆鈕扣	胸罩背帶
先輩^{せんぱい}の第2^{だいに}ボタンがほしい	ブラジャーのベルト
胸罩肩帶	胸罩罩杯
ブラジャーのストラップ	ブラジャーのカップ

 關鍵組句　搭配 CD 多聽多唸就記住！　CD 1-1-10

來練習一下有關頭和臉的裝扮，包括帽子、假髮、眼鏡、耳環、口罩、泳鏡、
泳帽等相關的動詞組句。

戴帽子

帽子をかぶる

脱帽子

帽子を脱ぐ

戴假髮

カツラをかぶる

脱假髮

カツラを脱ぐ

假髮飛走

カツラが飛ぶ

假髮掉落

カツラが落ちる

配眼鏡

メガネをつくる

戴眼鏡

メガネを掛ける

脱眼鏡

メガネを外す

眼鏡框歪了

メガネのフレームが曲がった

眼鏡鏡片破了

メガネのレンズが割れた

戴隱形眼鏡

コンタクトをつける

脱隱形眼鏡

コンタクトを外す

隱形眼鏡乾掉了

コンタクトが乾いた

戴耳環

イヤリングをつける

脱下耳針

ピアスを外す

戴口罩	脱口罩
マスクをつける	マスクを外す
戴泳帽	脱泳帽
水泳キャップをかぶる	水泳キャップを外す

這種情形，要這樣説 CD1-1-11

 ① 帽子かぶってる方がかっこいいね。
你戴帽子比較帥。

 ハゲって言いたいの？
你想説我禿頭嗎？

 ② メガネつくりたいんだけど。
我要配眼鏡。

 台北駅に安い店あるよ。
台北車站有一間便宜的店喔。

③ コンタクトが乾いて目が痛いよ。

隱形眼鏡乾了，眼睛很痛。

 目薬持ってないの？

沒有帶眼藥水嗎？

④ お客さんの前ではマスク外してね。

你要在客人面前脫下口罩喔。

 でも風邪移しちゃ悪いしさ。

可是我不想把感冒傳給人家耶。

⑤ なんで温泉入るのに水泳キャップを
かぶらないといけないの？

為什麼泡溫泉要戴泳帽啊？

 日本とは違うんだから文句言わないの。

因為跟日本不一樣，麥囉嗦啦。

還可以這樣說 進階練習！相關用語 CD1-1-12 🎧 💿

前面的組句都熟練了嗎？
請嘗試一下自己造句看看吧！

戴口罩造成耳朵痛	買日拋隱形眼鏡
マスクで耳が痛い	1日使い捨て型のコンタクトを買う

打耳洞	泳鏡起霧
耳に穴をあける	ゴーグルが曇る

戴泳鏡	脫泳鏡
ゴーグルをつける	ゴーグルを外す

關鍵組句 搭配CD多聽多唸就記住！ CD1-1-13 🎧 💿

來練習一下與其他服飾配件，包括包包、手套、手錶等相關的動詞組句。

戴手套	脫手套
手袋をつける	**手袋を外す**

戴手錶	脫手錶
腕時計をつける	**腕時計を外す**

調整手錶時間

腕時計の時間を調整する
うでどけい　じかん　ちょうせい

繫上和服腰封

着物の帯をしめる
きもの　おび

穿皮帶

ベルトをしめる

脫皮帶

ベルトを外す
はず

把皮帶鬆一格

ベルトを穴1個分ゆるめる
あないっこ ぶん

皮帶打孔

ベルトに穴をあける
あな

捲起袖子

袖をまくる
そで

捲起下擺

裾をまくる
すそ

背背包

リュックを背負う
せ お

拿包包

カバンを持つ
も

斜背包包

カバンを肩から斜めに下げる
かた　なな　さ

側背包包

カバンを肩に下げる
かた　さ

手提包包

カバンを腕に下げる
うで　さ

這種情形，要這樣說　CD1-1-14

① 日本に着いたら腕時計の時間
調整しないとね。

到日本後要調手錶的時間。

 台湾との時差は１時間だっけ？

跟台灣的時差是一個小時，對嗎？

② 何やってんの？

你在幹嘛？

 太ったからベルトに穴あけてるの。

因為胖了，在把皮帶打孔。

③ カバンを肩から斜めに下げてるのが
うちの親父だよ。

斜背包包的那位是我老爸。

 あなたそっくりね。

跟你長得很像耶。

④ ちょっと袖まくって。

幫我捲袖子。

 はいはい。

好～

⑤ 着物似合うね。

你穿和服很好看。

 でも帯の締め方適当だよ。

但腰封繫得很隨便啊。

 還可以這樣說 **進階練習！相關用語** CD1-1-15

前面的組句都熟練了嗎？

下面列出幾個比較常出現在男生身上的相關用語。

也請嘗試一下自己造句看看吧！

石門水庫沒關

社会の窓が開いている

領口泛黃

襟が黄ばんでいる

手錶秒針停了

腕時計の針が止まった

PARTICLE 2

煮飯很麻煩，
相關動詞也很多變

常言道，煮飯 1 小時，吃飯 10 分鐘。與吃飯這個動作相關的動詞
就跟煮飯一樣，簡單一點就是吃飯、做飯、盛飯；心裡想著怎麼
來變化菜色，就可以很豐富的延伸出，請朋友吃飯、把香鬆撒在
飯上、用海苔包飯糰等。

關鍵組句　搭配 CD 多聽多唸就記住！　CD 1-2-1

來練習一下與吃飯相關的動詞組句。

吃飯	做飯
ご飯_{はん}を食_たべる	ご飯_{はん}をつくる

吃飯
ご飯を食べる

做飯
ご飯をつくる

盛飯
ご飯をよそう

煮飯
ご飯を炊く

把飯攪拌
ご飯を混ぜる

把飯加熱
ご飯を温める

請朋友吃飯
友達にご飯をおごる

飯冷掉了
ご飯が冷めた

飯煮好了	炒飯
ご飯が炊けた	ご飯を炒める

把香鬆灑在飯上	（故意）不吃飯
ご飯にふりかけをかける	ご飯を抜く

捏飯糰	用海苔包飯糰
おにぎりを握る	おにぎりにのりを巻く

在飯糰裡面放梅子
おにぎりに梅干しを入れる

這種情形，要這樣說 CD1-2-2

① ご飯よそって。
幫我盛飯。

 お茶碗いっぱい？
要盛滿碗嗎？

049

② なんでご飯食べないの？

妳為什麼不吃飯？

ダイエット中だから昼ご飯は抜いてるの。

我在減肥，所以不吃午餐了。

③ ご飯冷めないうちに食べなよ。

飯會冷掉的，快點吃啊。

待って、今ドラマのいいとこなの。

等一下，連續劇正精彩。

④ なんか食欲ないなぁ。

我不怎麼想吃耶。

このふりかけかけてごらん、ご飯が進むよ。

你可以灑上這個香鬆吃看看，很下飯喔。

⑤ 給料出たらご飯おごるって約束だったよね？

妳有答應拿到薪水就請我吃飯對吧？

そんなこと記憶にないよ。

我不記得有那種事。

還可以這樣說　　進階練習！相關用語　　CD1-2-3

前面的組句都熟練了嗎？
請嘗試一下也自己造句看看吧！

可以把味噌湯加到飯上嗎？	忘了設定飯鍋的按鍵

ご飯に味噌汁かけてもいい？　　ご飯を仕掛けるのを忘れた

我想娶會煮飯的女生

料理ができる人を嫁にもらいたい

你自己下廚嗎？	可以各付各的嗎？

自炊してるの？　　割り勘でいい？

飯好了喔！	愛讀書勝過吃飯（廢寢忘食）

ご飯できたよ！　　三度の飯より読書が好き

關鍵組句　　搭配 CD 多聽多唸就記住！　　CD1-2-4

來練習一下與魚、肉、蛋、奶類相關的動詞組句。

烤肉	肉焦了

肉を焼く　　肉が焦げた

把肥肉去掉
しぼう
脂肪をとる

串雞肉
とりにく　くし
鶏肉に串をさす

去魚鱗
さかな　うろこ
魚の鱗をとる

去魚刺
さかな　ほね
魚の骨をとる

去魚內臟
さかな　はらわた
魚の腸をとる

剝開水煮蛋蛋殼
たまご　から
ゆで卵の殻をむく

打蛋
たまご　わ
卵を割る

把蛋白和蛋黃分開
しろみ　きみ　わ
白身と黄身を分ける

弄破蛋黃
きみ
黄身をつぶす

把奶油抹在土司上
　　　　　　ぬ
トーストにバターを塗る

牛奶壞掉了
ぎゅうにゅう　くさ
牛乳が腐った

咖哩放隔夜
ひとばん　ね
カレーを一晩寝かせる

沾醬汁
タレをつける

淋醬油
しょうゆ
醤油をかける

這種情形，要這樣說　　CD1-2-5

①
最悪！肉焦げちゃった！
糟糕！肉焦了！

まじ？はあ、せっかくの松阪牛が....
真的嗎？誒，好不容易買到的松阪牛飛了……

②
魚の骨とって。
幫我去魚刺。

それぐらい自分でやってよ！
這種事你自己做啦！

③
まず卵をボウルに割って、白身と黄身を分けて。
先在碗裡打蛋，然後把蛋白和蛋黃分開。

これ苦手なんだよね。
這個我不太會耶。

④
トーストには何塗る？バター？ジャム？
土司你要抹什麼？奶油還是果醬？

どっちも。
兩個都要。

⑤ カレーは一晩寝かせた方がおいしいよね。

放隔夜後的咖哩比較好吃吧。

 うん、不思議だよね。

對啊，很不可思議。

 還可以這樣說　進階練習！相關用語　CD1-2-6

前面的組句都熟練了嗎？

藉此也介紹一下，上牛排館點餐會用到的說法。

請嘗試一下自己造句看看吧！

我們去燒烤吃到飽的店吧！	冬天就是要吃涮涮鍋
焼肉食べ放題の店に行こう！	冬はやっぱりしゃぶしゃぶ
鹽酥雞	牛排滋滋作響
台湾風の鶏のから揚げ	ステーキがジュージュー言ってる

牛排要烤幾分熟？

ステーキの焼き加減はどうしますか？

要三分熟	要五分熟
レアでお願いします	ミディアムレアでお願いします
要七分熟	要全熟
ミディアムでお願いします	ウェルダンでお願いします

來練習一下
與水果、蔬菜等可直接生吃的食物相關的
動詞組句。

把檸檬片放在紅茶上

紅茶にレモンのスライスを浮かべる

去掉橘子的白色纖維

ミカンの白い筋をとる

把橘子剝成兩半

ミカンを半分に割る

去掉西瓜的種子

スイカの種をとる

吐掉西瓜的種子

スイカの種を吐き出す

剝香蕉皮

バナナの皮をむく

把水果放入果汁機打

果物をミキサーにかける

淋上檸檬汁

レモン汁をかける

拔白蘿蔔

ダイコンを抜く

生吃蔬菜

野菜を生で食べる

淋沙拉醬

ドレッシングをかける

削蘋果皮

リンゴの皮をむく

剝橘子皮

ミカンの皮をむく

種馬鈴薯

ジャガイモを植える

① ミカンのこの白い筋ってとった方がいいの？

橘子的白色纖維要去掉嗎？

それ食物繊維だから食べた方がいいよ。

那是膳食纖維，一起吃比較好。

② スイカの種はこうやって吐き出したらいいんだよ。

西瓜的種子就這樣吐掉就好。

 汚いよ！

很髒耶！

③ バナナと豆乳をミキサーにかけといて。

幫我把香蕉跟豆漿放入果汁機打。

 トウガラシも入れる？

要加辣椒嗎？

④ 天ぷらにレモン汁かけたら
あっさりしておいしいよ。

天婦羅淋檸檬汁就變得更清爽可口。

 天ぷらだけだと油っこいからね。

直接吃的話確實很油膩。

⑤ リンゴの皮って包丁でむくの難しいよね。

用菜刀削蘋果不是很難嗎？

 ピーラー使ったら簡単だよ。

用削皮器就很簡單啊。

還可以這樣說 CD 1-2-9

前面的組句都熟練了嗎？
再來學學味覺的表達法，
同時也請嘗試一下自己造句看看吧！

甜	酸
甘_{あま}い	酸_すっぱい

苦	鹹
苦_{にが}い	塩_{しょ}っぱい

辣	酸甜
辛_{から}い	甘酸_{あまず}っぱい

甜辣	酸辣
甘辛_{あまから}い	辛酸_{からず}っぱい

太好吃	難吃到靠北
激_{げき}ウマ	クソまずい

關鍵組句

搭配 CD 多聽多唸就記住！

CD 1-2-10

來練習一下與飲料相關的動詞組句。

喝醉	拔酒塞
酔う	コルクを抜く
塞回酒塞	加冰塊喝日本酒
コルクを差し戻す	日本酒をロックで飲む

直接喝日本酒

日本酒をストレートで飲む

加熱喝日本酒	舉杯
日本酒を熱燗で飲む	グラスを掲げる
泡咖啡	研磨咖啡豆
コーヒーを入れる	コーヒー豆を研ぐ
插吸管	搖杯子
ストローをさす	カップを振る
氣跑掉了	加珍珠
炭酸が抜けた	タピオカを加える

① きょう接待でずっとお酒注がれたよ。

今天的應酬一直被灌酒。

 日本人はお酒好きだからね。

誰叫日本人是酒鬼。

② あれ、コルクが抜けない。

咦？酒塞拔不出來。

 ちゃんと力入れてんの？

你有用力嗎？

③ 日本酒はロック？それともストレートで？

日本酒你要加冰塊喝？還是直接喝？

 寒いから熱燗で飲むわ。

太冷了，要加熱喝。

④ ちょっとコーヒー入れてくれない？

可以幫我泡咖啡嗎？

 今日もう5杯目だよ？

今天都第五杯了，還要喝？

⑤ こうやってカップを振^ふって、
ストローさして飲^のむと。

就這樣，先搖一下杯子然後再插吸管喝。

 慣^なれた手^てつきだね。

動作滿熟練的嘛。

 還可以這樣說　進階練習！相關用語　CD1-2-12

前面的組句都熟練了嗎？
介紹幾個跟酒沒有直接關係的「醉了」的用語。
請嘗試一下也自己造句看看吧！

為女人昏頭

女^{おんな}に酔^よっている

為男人昏頭

男^{おとこ}に酔^よっている

暈車了

車^{くるま}に酔^よった

宿醉嚴重

二日酔^{ふつかよ}いがひどい

迷戀自己的好（自戀）

自分^{じぶん}に酔^よっている

PARTICLE **3**

多菜多健康，
多背動詞好多聊

台灣的蔬菜（青菜）很便宜又好吃，而且料理的方式也很多變：
熱炒、氽燙、燉煮……怎麼料理怎麼好吃。這個單元就來教教大
家，料理蔬菜會用到的動詞吧！

搭配 CD 多聽多唸就記住！

關鍵組句

CD 1-3-1

來練習一下與煮菜相關的動詞組句。

炒青菜	燙青菜
野菜を炒める	**野菜**を茹でる
炸青菜	燉青菜
野菜を揚げる	**野菜**を煮込む
烤青菜	蒸青菜
野菜を焼く	**野菜**を蒸す
洗菜	切菜
野菜を洗う	**野菜**を切る

把洋蔥切碎

タマネギをみじん切りにする

把黃瓜切薄片

キュウリを薄切りにする

把高麗菜切絲

キャベツを千切りにする

把馬鈴薯切塊

ジャガイモをぶつ切りにする

把薑磨成泥

ショウガをおろす

挖掉馬鈴薯的芽

ジャガイモの芽をとる

把馬鈴薯壓碎

ジャガイモをすり潰す

削牛蒡皮

ゴボウの皮を剥く

用手把白菜剝碎

白菜をちぎる

把馬鈴薯泡水

ジャガイモを水に浸す

這種情形，要這樣說　　CD1-3-2

① キャベツを切る前に水で洗ってね。

高麗菜要先洗再切喔。

大丈夫だよ、これ無農薬だから。

不用啦，這是無農藥的。

② やっぱサツマイモは蒸した方がうまいよね。

地瓜還是蒸的比較好吃。

自然の甘みだよね。

有天然的甜味嘛。

③ ショウガをおろすのは俺に任せなよ。

磨薑泥這件事就交給我。

あんたの唯一の特技だもんね。

誰叫這是你唯一的專長。

④ ジャガイモの芽ってとらないとマズいよね？

馬鈴薯的芽不去掉不行吧？

なんか毒があるって聞いたことあるよ。

聽說它有毒。

⑤ ゴボウの皮剥かなくていいの？

不用削牛蒡的皮嗎？

 皮は大事だから剥かなくていいの。

不用削，皮很重要的。

 還可以這樣說 | 進階練習！相關用語 | CD 1-3-3 🎧

前面的組句都熟練了嗎？

再來教大家一些品嘗料理時會用到的用語。

請嘗試一下也自己造句看看吧！

火候的控制很重要	調味剛剛好
火加減のコントロールが重要	ちょうどいい味加減
鹽巴的量控制得恰到好處	麵的軟硬度煮得非常好
塩加減が絶妙	麺の茹で加減が素晴らしい
香菇發霉了	豆芽壞掉都生黏絲了
シイタケにカビが生えた	モヤシが腐ってネバネバしてる
因切洋蔥而眼睛刺痛	油噴出來
タマネギで目がしみた	油が飛び出す

來練習一下與調味、廚房用具相關的動詞組句。

灑鹽巴	灑胡椒粉
塩をかける	胡椒をかける
加辣椒	用量杯量
トウガラシを加える	計量カップで計る
用量匙量	用湯匙挖味噌
計量スプーンで計る	スプーンで味噌をすくう
把味噌溶到水裡	在鍋子裡加滿水
味噌をとぐ	鍋に水を張る
在平底鍋上抹油	擦掉平底鍋上的油
フライパンに油を引く	フライパンの油を拭き取る
把鬆餅翻面	撈掉渣渣
パンケーキをひっくり返す	アクをとる
用濾網把水濾掉	撈掉油渣
ザルで水を切る	揚げカスをとる
用湯杓舀	用削皮器削皮
お玉ですくう	ピーラーで皮をむく

用料理夾夾住	用打蛋器攪拌
トングで挟む	泡立て器で混ぜる

用開罐器打開	用開瓶器打開蓋子
缶切りで開ける	栓抜きで蓋を開ける

用磨泥器磨	微波便當
おろし器でおろす	弁当をレンジでチンする

用烤箱烤
オーブンで焼く

這種情形，要這樣說　　CD1-3-5

① 最後に塩と胡椒をかけて、完成！

最後灑一點鹽巴跟胡椒，完成！

 今日はまともな料理できたの？

今天做出正常的料理來了嗎？

② 何か手伝うことある？

需要幫忙嗎？

 じゃあ味噌とぐの手伝って。

那幫我把味噌溶到水裡。

③ フライパンに油引いて適当に炒めたらいいんだよ。

只要在平底鍋加油炒一炒就可以了。

 男の料理はホント適当だよね。

男人做菜真隨便。

④ ピーラーでジャガイモの皮剥いてたら
指切っちゃったよ。

我用削皮器削馬鈴薯的時候不小心切到手。

 相変わらずドジだね。

你還是一樣冒冒失失的耶。

⑤ 鍋に水張ってあるけど使うの？

鍋子裡已經加水，你要用嗎？

 後ですき焼き作るから置いといて。

我等一下要煮壽喜燒，放著就好。

還可以這樣說　進階練習！相關用語　CD1-3-6

前面的組句都熟練了嗎？
再多學一點相關用語吧！
請嘗試一下也自己造句看看吧！

胡椒粉吸進鼻子打噴嚏

こしょう
胡椒でくしゃみが出る

辣到舌頭發麻

から　　　　した
辛すぎて舌がヒリヒリする

用湯杓舀起來喝看看

たま　　あじみ
お玉で味見する

微波的雞蛋爆炸了

たまご　ばくはつ
レンジで卵が爆発した

 關鍵組句　搭配 CD 多聽多唸就記住！　CD1-3-7

來練習一下與收拾餐桌，包括擺碗筷、鋪桌巾、洗碗、刷鍋子
相關的動詞組句。

擺餐具	鋪上桌巾

しょっき　なら
食器を並べる

テーブルクロスを敷く
し

換桌巾

テーブルクロスを取り替える
と　か

收餐具	用鋼刷刷鍋子

しょっき　かたづ
食器を片付ける

たわしで鍋をこする
なべ

洗碗精倒在菜瓜布上	用菜瓜布打泡
スポンジに洗剤をつける	スポンジで泡立てる

盤子破掉了	盤子有龜裂
皿が割れた	皿にヒビが入る

盤開免洗筷

割り箸を割る

 這種情形，要這樣說　　　　　　CD1-3-8

① そろそろテーブルクロス取り替えよっか？

差不多該換桌巾了吧？

そうだね、もうシミだらけだからね。

對啊，有太多汙漬了。

② ジャンケンで負けた方が
食器片付けるってことでいい？

猜拳輸的收碗盤，好嗎？

いいよ。ジャン、ケン、ポン！

好啊。剪刀石頭布！

③ 鍋持ってくから鍋敷き敷いて。

我要拿鍋子過來，幫我墊隔熱墊。

新聞でもいいよね？

報紙也可以吧？

④ ちゃんとスポンジで泡立ててから洗ってよね。

菜瓜布要完全起泡後再洗喔。

うるさいなぁ、分かってるって。

很煩捏，我知道啦。

⑤ うわー、皿割れちゃったよ。

啊，盤子破了。

いいよ、それ百均で買ったやつだから。

沒關係啦，那個在百元商店買的。

還可以這樣說 CD1-3-9

前面的組句都熟練了嗎？
煮飯時被燙到、鍋子燒焦都很常見，趁機教大家幾句相關用語。
請嘗試一下也自己造句看看吧！

手被燙到	鍋子的鐵鏽刷不掉
<ruby>手<rt>て</rt></ruby>をやけどした	<ruby>鍋<rt>なべ</rt></ruby>のサビがこすっても<ruby>取<rt>と</rt></ruby>れない

筷子擺在筷架上	擦桌子
<ruby>箸置<rt>はしお</rt></ruby>きに<ruby>箸<rt>はし</rt></ruby>を<ruby>置<rt>お</rt></ruby>く	テーブルを<ruby>拭<rt>ふ</rt></ruby>く

COLUMN 日本人不會這樣講

<ruby>妻<rt>つま</rt></ruby>が<ruby>私<rt>わたし</rt></ruby>を<ruby>殴<rt>なぐ</rt></ruby>った。

　　日文跟中文的最大差別之一就在主語。如果要闡述和自己相關的事情，日文常以「我」為主語，且經常省略，而中文的主語則可有可無。因此，中式日文的問題點通常就出在主語。

　　例如，把「我媽叫我快點睡覺」這句翻成日文「<ruby>お母<rt>かあ</rt></ruby>さんは<ruby>私<rt>わたし</rt></ruby>に<ruby>早<rt>はや</rt></ruby>く<ruby>寝<rt>ね</rt></ruby>るよう<ruby>言<rt>い</rt></ruby>った」，感覺就像課本會出現的句子。一般

不會這樣講，而會說成「お母さんに早く寝るよう言われた」。主語是誰？是「私」（我），但這個主語要省略，所以後面的句子就要以被動句「言われた」（被叫）來呈現。

★ 舉一反三

1.「我家養的狗咬了我」
✕うちの犬が私を噛んだ。　　　　〇うちの犬に噛まれた。

2.「我老婆揍我」
✕妻が私を殴った。　　　　　　　〇妻に殴られた。

3.「陳老師教我日語」
✕陳先生が私に日本語を教えた。　〇陳先生に日本語を教わった。

4.「我媽買衣服給我」
✕お母さんが私に服を買った。　　〇お母さんに服を買ってもらった。

　　這樣的例子不勝枚舉。

　　如果你希望自己的日語能變得自然一點，就要觀察、分析，並且模仿日本人的表達方式，而不是一味地背那些課本上的日文句子。

PARTICLE **4**

家，就是最大的動詞寶庫

一回到家就按壓冷氣開關，打開冰箱拿出冰淇淋，再走到客廳癱坐在沙發上，順手拿起電視遙控器，收看喜歡的娛樂節目，然後笑到肚子痛……居家的動詞真的很多，各位不妨利用便利貼，在冰箱、電扇、抽風機等處貼上動詞 memo，隨時隨地背一下動詞組句。

搭配 CD 多聽多唸就記住！

CD1-4-1

來練習一下與電視機相關的動詞組句。

打開電視	關電視
テレビをつける	テレビを切る
看電視	轉台（頻道）
テレビを見る	チャンネルを変える
調高音量	調低音量
音量を上げる	音量を下げる

切換靜音

音を消す／ミュートにする

播放 DVD

<ruby>D V D<rt>ディーブイディー</rt></ruby> を<ruby>再生<rt>さいせい</rt></ruby>する

慢播影片

<ruby>動画<rt>どうが</rt></ruby>をスロー<ruby>再生<rt>さいせい</rt></ruby>する

快轉

<ruby>早送<rt>はやおく</rt></ruby>りする

倒轉

<ruby>早戻<rt>はやもど</rt></ruby>しする

暫停影片

<ruby>動画<rt>どうが</rt></ruby>を<ruby>止<rt>と</rt></ruby>める

預約錄影

<ruby>録画予約<rt>ろくがよやく</rt></ruby>する

按鍵

ボタンを<ruby>押<rt>お</rt></ruby>す

租 DVD

<ruby>D V D<rt>ディーブイディー</rt></ruby> を<ruby>借<rt>か</rt></ruby>りる

還 DVD

<ruby>D V D<rt>ディーブイディー</rt></ruby> を<ruby>返<rt>かえ</rt></ruby>す

把 DVD 放入 DVD 播放器

<ruby>D V D<rt>ディーブイディー</rt></ruby> プレーヤーに <ruby>DVD<rt>ディーブイディー</rt></ruby> をセットする

遙控器的電池沒電了

リモコンの<ruby>電池<rt>でんち</rt></ruby>がなくなった

① チャンネル変えてもいい？

可以轉台嗎？

 だめだよ、ニュース見たいんだから。

不行，我想看新聞。

② ちょっとテレビの音量下げてくんない？

電視可不可以調小聲一點？

 はいはい、イヤホンで聞くわよ。

好啦，我用耳機聽。

③ ちょっと動画を止めて。

把影片停一下。

 何か発見したの？

有發現什麼嗎？

④ この番組、録画予約しといてよかったー。

還好有預錄這個節目。

 またジャニーズかよ。

又是傑尼斯啊。

⑤ 何^{なに}してんの？

你在幹嘛？

 リモコンのボタン押^おしてるんだけど利^きかなくって。

一直按遙控器的按鈕，不過沒反應。

 還可以這樣說　　進階練習！相關用語　　CD1-4-3 🎧

前面的組句都熟練了嗎？

請嘗試一下也自己造句看看吧！

把影片上傳到 YouTube

YouTube に動画^{どうが}をアップする
_{ユーチューブ}

下載影片	申裝第四台

動画^{どうが}をダウンロードする　　　　有線放送^{ゆうせんほうそう}を申^{もう}し込^こむ

裝機上盒	沒畫面

セットトップボックスを取^とり付^つける　　　画面^{がめん}が映^{うつ}らない

進廣告	廣告結束

コマーシャルに入^{はい}る　　　　コマーシャルが終^おわる

搭配 CD 多聽多唸就記住！

CD 1-4-4

來練習一下與冷氣、風扇、暖爐相關的動詞組句。

開冷氣	關冷氣
クーラーをつける	クーラーを切^きる
吹冷氣	調高溫度
クーラーに当^あたる	温度^{おんど}を上^あげる
調低溫度	調大風量
温度^{おんど}を下^さげる	風量^{ふうりょう}を強^{つよ}くする
調小風量	切換風向
風量^{ふうりょう}を弱^{よわ}くする	風向^{かざむ}きを変^かえる
切換除濕	切換暖氣
除湿^{じょしつ}に切^きり替^かえる	暖房^{だんぼう}に切^きり替^かえる

設定睡眠模式

おやすみタイマーを設定^{せってい}する

開電風扇	關電風扇
扇風機^{せんぷうき}を付^つける	扇風機^{せんぷうき}を切^きる
切換為搖頭（抬頭）模式	電風扇葉片壞掉
首振^{くびふ}りモードにする	扇風機^{せんぷうき}の羽^{はね}が壊^{こわ}れる

開暖爐	關暖爐
ヒーターをつける	ヒーターを切^きる
加油	通風換氣
オイルを補給^{ほきゅう}する	換気^{かんき}する

 這種情形，要這樣說 CD1-4-5

① デパートへクーラーに当^あたりに行^いこう。

我們去百貨公司吹冷氣吧。

 そうだね、今日^{きょう}は暑^{あつ}すぎる。

好啊，今天太熱了。

② クーラーの温度^{おんどさ}下げてくんない？

可不可以幫我調低冷氣的溫度？

 まだ下^さげるの？もう２２度^{にじゅうにど}だよ。

還要調低嗎？已經調到 22 度了耶。

③ 会社はクーラーの直風がきつくってさ。
公司的冷氣直接吹到頭，太冷了。

 風向き変えられないの？
沒辦法切換風向嗎？

④ あれ、扇風機の首が回らないよ。
咦？電風扇不能轉了。

 壊れたのかな？修理に出そっか？
是不是壞掉了？要送修嗎？

⑤ ヒーター付けすぎて空気悪いね。
暖氣開太久，空氣不好。

 窓開けて換気しないと。
要打開窗戶換氣啊。

 還可以這樣說　進階練習！相關用語　CD1-4-6

前面的組句都熟練了嗎？
請嘗試一下也自己造句看看吧！

開著冷氣睡覺，結果受寒　　　　　　　被煤油暖爐燙到

クーラーで寝冷えする　　　　　　ストーブで火傷する

搧扇子　　　　　　　　　　把暖暖包貼在身體

うちわを扇ぐ　　　　使い捨てカイロを体に貼る

搭配 CD 多聽多唸就記住！

關鍵組句　　　　　　　CD1-4-7

來練習一下與冰箱、洗衣機相關的動詞組句。

開冰箱	關冰箱
冷蔵庫を開ける	冷蔵庫を閉める
檢查冰箱內部	清掃冰箱內部
冷蔵庫の中を点検する	冷蔵庫の中を掃除する
整理冰箱內部	放入冰箱
冷蔵庫の中を整理する	冷蔵庫に入れる
塞進冰箱	從冰箱拿出來
冷蔵庫に詰め込む	冷蔵庫から取り出す

放入冷凍庫	做冰塊
れいとうこ　い **冷凍庫に入れる**	こおり　つく　せいひょう **氷を作る／製氷する**
啟動洗衣機	把衣服丟進洗衣機
せんたくき　まわ **洗濯機を回す**	ふく　せんたくき　い **服を洗濯機に入れる**
把衣服從洗衣機拿出來	把衣服放進洗衣桶
せんたくもの　せんたくき　と　だ **洗濯物を洗濯機から取り出す**	せんたくもの　せんたくかご　い **洗濯物を洗濯籠に入れる**
浸泡衣服	洗衣服
せんたくもの　みず　つ **洗濯物を水に浸ける**	せんたくもの　あら **洗濯物を洗う**
沖洗衣服	脫水
せんたくもの **洗濯物をすすぐ**	だっすい **脱水をかける**

把領帶放進洗衣袋
せんたく　い **ネクタイを洗濯ネットに入れる**

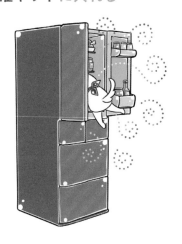

這種情形，要這樣說 CD 1-4-8

①
今日も暑いね。
きょう あつ
今天也好熱。

よし！コーラで氷作って食べよう！
こおりつく た
好！我們用可樂製冰吃吧！

②
冷蔵庫のミルク腐ってるよ
れいぞうこ くさ
冰箱的牛奶壞掉了耶。

やっぱこまめに点検しないとダメね。
てんけん
還是要經常檢查內部呢。

③
洗濯機回すよ！
せんたくきまわ
要開始洗衣了喔！

待って、まだ靴下入れてないから。
ま くつしたい
等一下，襪子還沒丟進去。

④
スカートは洗濯ネットに入れてね。
せんたく い
裙子要放進洗衣袋喔。

俺のパンツと一緒に入れてあげようか？
おれ いっしょ い
要不要把我的內褲一起放進去？

⑤ あれ、洗濯物ビショビショだよ。

咦，衣服還濕嗒嗒耶。

 おかしいな、脱水かけたはずなのに。

奇怪，明明有脫水啊。

 還可以這樣說 進階練習！相關用語 CD1-4-9

前面的組句都熟練了嗎？
請嘗試一下也自己造句看看吧！

用手把衣服擰乾	到投幣式洗衣店洗衣服
手で服を絞る	コインランドリーで服を洗う
衣服起毛球	牛仔褲褪色
服に毛玉が付く	ジーンズが色落ちする
顏色染到其他衣服	把襯衫掛在衣架
他の服に色が移る	シャツをハンガーにかける
用衣夾夾住襪子	把（洗好的）衣服收進來
靴下を洗濯ばさみで留める	洗濯物を取り込む

加洗衣精

洗剤を入れる

 關鍵組句

搭配 CD 多聽多唸就記住！

CD 1-4-10

來練習一下與客廳，包括地板、地毯、電話、門鈴、對講機相關的動詞組句。

（用吸塵器）吸地板	掃地板
床に掃除機をかける	床を掃く

擦地板	（用拖把）拖地板
床を拭く	床にモップをかける

用除塵滾輪清地毯灰塵	電話響
コロコロで絨毯の埃を取る	電話が鳴る

接電話	打電話
電話に出る	電話をかける

播放語音訊息	刪除語音訊息
留守電を再生する	留守電を削除する

回應對講機	按門鈴
インターホンに出る	チャイムを鳴らす

解自動鎖	刷卡
オートロックを解除する	カードをかざす

這種情形，要這樣說　　　CD1-4-11 🎧

① 掃除機かけるからどいて。

我要吸地板，走開。

 後にしてよ。

等一下再吸嘛。

② 床は俺が掃くから拭くのはよろしくね。

地板我來掃，擦地就麻煩你喔。

 何言ってんの？どっちもあなたの仕事よ。

你在説什麼？都是你的工作啊。

③ 私、着いたよ。

是我，到了。

 はいはーい、オートロック解除したよ。

好～自動門鎖已經開了。

④ エレベーターはどうやって乗^のるの？

要怎麼搭電梯？

 ここにカードをかざして
階数^{かいすう}ボタンを押^おしたらオッケーだよ。

在這邊刷卡，再按樓層就可以喔。

⑤ ごめん、手^てが放^{はな}せないから電話^{でんわ}出^でて。

對不起，幫我接電話，我現在忙不過來。

 はい、もしもし。あ、お母様^{かあさま}！？

喂，你好。啊，媽媽喔！？

 還可以這樣說　進階練習！相關用語　CD1-4-12

前面的組句都熟練了嗎？
請嘗試一下也自己造句看看吧！

把拖把擰乾

モップの水^{みず}を切^きる

貓捲起身體躺在地上

猫^{ねこ}が床^{ゆか}で丸^{まる}くなっている

打騷擾電話

嫌^{いや}がらせ電話^{でんわ}をする

拉下鐵門

シャッターを下^おろす

搭配 CD 多聽多唸就記住！

CD1-4-13

來練習一下與電力裝置，包括電燈、開關插座、電線等相關的動詞組句。

開燈	關燈
電気を付ける	電気を切る／消す

停電	斷路器跳電
停電になる	ブレーカーが落ちる

恢復供電	被停電
電気が戻る	電気を止められる

換燈泡	電線打結
電球を取り替える	電源コードが絡まる

把電線（從插座）拔掉

電源コードを（コンセントから）抜く

把插頭插上（插座）

プラグを（コンセントに）挿す

電線捆綁在一起

電源コードをまとめる

插座冒出火花	插頭歪掉
コンセントから火花が出る	プラグが折れ曲がる

這種情形，要這樣說　CD1-4-14

①
でん　き　け
電気消すよ？
要關燈喔。

　　　はや　　　　　　　き
うん、早くこっちに来て。（ベットで）
好啊，你快點過來。（在床上）

②
でん　き　と
電気止められちゃったよ。
被停電了。

なん　か　げつたいのう
何ヶ月滞納してんの？
你欠繳了幾個月的電費啊？

③
じしん　　　　ていでん　　　　　　　こま
地震で停電になって困ったよ。
因為地震而停電，很困擾耶。

でん　き　　　　　　　　もど
電気はいつ戻ったの？
什麼時候恢復供電的？

④ プラグが折れ曲がってコンセントに挿せないよ。

插頭歪掉，沒辦法插上插座。

 何とかならないかな？

有沒有什麼辦法啊？

⑤ この電球光ってないね。

這顆燈泡已經不亮了。

 壊れたんだよ。取り替えないと。

壞掉了啦，要換。

 還可以這樣說　進階練習！相關用語　 CD1-4-15

前面的組句都熟練了嗎？
請嘗試一下也自己造句看看吧！

插座可以免費使用	因竊電而被逮捕
コンセントを無料で使える	電気を盗んで捕まる
電燈泡破了	螢光燈閃爍不停
電球が割れた	蛍光灯がチカチカしている

插在延長線

延長<ruby>延長<rt>えんちょう</rt></ruby>コードに<ruby>挿<rt>さ</rt></ruby>す

開延長線的開關

<ruby>延長<rt>えんちょう</rt></ruby>コードのスイッチを<ruby>付<rt>つ</rt></ruby>ける

關延長線的開關

<ruby>延長<rt>えんちょう</rt></ruby>コードのスイッチを<ruby>切<rt>き</rt></ruby>る

搭配 CD 多聽多唸就記住！

關鍵組句

CD1-4-16

來練習一下與廚房設備相關的動詞組句。

開通風扇	開水龍頭
<ruby>換気扇<rt>かんきせん</rt></ruby>を<ruby>回<rt>まわ</rt></ruby>す	<ruby>水<rt>みず</rt></ruby>を<ruby>出<rt>だ</rt></ruby>す／<ruby>蛇口<rt>じゃぐち</rt></ruby>を<ruby>開<rt>ひら</rt></ruby>く
關水龍頭	漏水
<ruby>水<rt>みず</rt></ruby>を<ruby>止<rt>と</rt></ruby>める／<ruby>蛇口<rt>じゃぐち</rt></ruby>を<ruby>締<rt>し</rt></ruby>める	<ruby>水<rt>みず</rt></ruby>が<ruby>漏<rt>も</rt></ruby>れる
修理水龍頭	開瓦斯
<ruby>蛇口<rt>じゃぐち</rt></ruby>を<ruby>修理<rt>しゅうり</rt></ruby>する	ガスをつける
關瓦斯	調大火候
ガスを<ruby>切<rt>き</rt></ruby>る	<ruby>火<rt>ひ</rt></ruby>を<ruby>強<rt>つよ</rt></ruby>める

調小火候	調大火
火を弱める	強火にする

調中火	調小火
中火にする	弱火にする

瓦斯洩漏	一氧化碳中毒
ガスが漏れる	一酸化炭素中毒になる

垃圾桶裝垃圾袋

ゴミ箱にゴミ袋をセットする

丟廚餘	擰乾抹布
生ゴミを捨てる	雑巾を絞る

把瓦斯罐放入卡式瓦斯爐

カセットコンロにボンベをセットする

瓦斯罐沒瓦斯了

ガスボンベのガスがなくなる

這種情形，要這樣說　CD1-4-17

① キッチンでタバコ吸<ruby>吸<rt>す</rt></ruby>っていい？

可以在廚房抽菸嗎？

 <ruby>換気扇<rt>かんきせん</rt></ruby><ruby>回<rt>まわ</rt></ruby>してね。。

你要開通風扇喔。

② あれ、<ruby>蛇口<rt>じゃぐち</rt></ruby><ruby>締<rt>し</rt></ruby>めたのに<ruby>水<rt>みず</rt></ruby>が<ruby>漏<rt>も</rt></ruby>れてくるな。

咦？關了水龍頭，為什麼還一直漏水？

 どっか<ruby>壊<rt>こわ</rt></ruby>れたのかな？

是不是哪裡壞了？

③ <ruby>強火<rt>つよび</rt></ruby>で５<ruby>分煮<rt>ごふんに</rt></ruby>たら<ruby>弱火<rt>よわび</rt></ruby>にしてね。

先用大火煮五分鐘，再調小火。

 <ruby>料理<rt>りょうり</rt></ruby>って<ruby>難<rt>むずか</rt></ruby>しい。

煮菜好難。

④ なんか<ruby>臭<rt>にお</rt></ruby>うよ、ガス<ruby>漏<rt>も</rt></ruby>れてない？

有一股奇怪的味道耶，是不是瓦斯洩漏？

 <ruby>隣<rt>となり</rt></ruby>の<ruby>部屋<rt>へや</rt></ruby>じゃないかな？

會不會是鄰居？

⑤ 生ゴミはどこに捨てたらいいの？

厨餘要丟哪兒？

 後でまとめるから置いといて。

放著就好，我等一下整理。

 還可以這樣說 進階練習！相關用語 CD1-4-18 🎧

前面的組句都熟練了嗎？
請嘗試一下也自己造句看看吧！

瓦斯爐開不了火

ガスコンロの火が付かない

打開瓦斯管的開關

ガスの元栓を開く

關閉瓦斯管的開關

ガスの元栓を締める

安裝淨水器

浄水器を取り付ける

傳來垃圾車的音樂

ゴミ収集車の音楽が聞こえてくる

等垃圾車

ゴミ収集車を待つ

往垃圾車裡丟垃圾

ゴミ収集車にゴミを投げる

關鍵組句　搭配 CD 多聽多唸就記住！　CD1-4-19

來練習一下與臥房，包括床、床單、枕套、蚊帳等相關的動詞組句。

躺在床上	換床單
ベッドで横になる	シーツを取り替える
鋪床單	拉掉床單
シーツを張る	シーツを剥がす
換枕頭套	搭蚊帳
枕カバーを取り替える	蚊帳を張る
拆蚊帳	折疊蚊帳
蚊帳を取り外す	蚊帳を畳む
點蚊香	把蚊香弄熄
蚊取り線香を焚く	蚊取り線香を消す

用電蚊拍殺蚊子

電撃蚊取りラケットで蚊を殺す

① ちょっと疲れたからベットで横になるわ。

我有點累了，要在床上躺一下。

大丈夫？何か温かい物飲む？

還好嗎？要不要喝點熱的？

② 今日はいい天気だからシーツ剥がして
洗濯機に入れといて。

今天天氣很好，幫我拉掉床單丟進洗衣機。

イエッサー！

是！（Yes Sir！）

③ 枕カバーなんか臭うね。

枕頭套有點臭味。

しばらく洗ってないからね。取り替えないと。

好久沒洗嘛，要換新的。

④ 最近蚊多過ぎじゃない？

最近蚊子太多吧？

そろそろベッドに蚊帳張ろうか？

差不多要在床上搭蚊帳了吧？

⑤ 蚊取り線香焚くよ？

我點蚊香囉。

 オッケー。

好啊。

 還可以這樣說　　進階練習！相關用語　　CD1·4·21

前面的組句都熟練了嗎？

請嘗試一下也自己造句看看吧！

小孩在床上跳	從床上跳起來
子供がベッドで跳ねる	ベッドから跳ね起きる
賴床	鑽入被窩裡
布団から出られない	布団にもぐり込む
用毛毯裹起來	蚊子停在牆壁上
毛布にくるまる	蚊が壁に止まっている

被蚊子咬　　　　　　　　被蚊子吸血

蚊に刺される　　　　　　蚊に血を吸われる

皮膚紅腫起來

皮膚が赤く腫れる

 關鍵組句　　搭配 CD 多聽多唸就記住！　　CD1-4-22

來練習一下與浴廁，包括洗澡、蓮蓬頭、洗髮、潤絲、抹肥皂、吹頭髮、沖馬桶相關的動詞組句。

洗澡	沖澡
お風呂に入る	シャワーを浴びる

泡熱水	沒有熱水
お湯に浸かる	お湯が出ない

換蓮蓬頭	洗頭髮
シャワーヘッドを取り替える	髪を洗う

將肥皂打泡	把洗髮精倒在頭髮上
石けんを泡立てる	髪にシャンプーをつける

把潤髮乳倒在頭髮上

髪にコンディショナーをつける

洗髮精跑到眼睛裡

シャンプーが目に入る

用毛巾擦身體

タオルで体を拭く

用毛巾包頭

頭にタオルを巻く

用毛巾裹身體

体にタオルを巻く

吹頭髮

髪にドライヤーをかける

用梳子梳頭髮

櫛で髪をとかす

用腳踏墊擦腳

足拭きマットで足を拭く

沖馬桶

トイレの水を流す

馬桶塞了

トイレが詰まった

通馬桶

トイレの詰まりを直す

蓋上馬桶外蓋

トイレの蓋をしめる

掀馬桶座墊

便座を上げる

蓋回馬桶座墊

便座を元に戻す

這種情形，要這樣說　CD1-4-23

① 髪洗ってたら目にシャンプーが入ってさぁ。

我洗頭髮的時候，洗髮精跑進眼睛裡耶。

 相変わらずバカだね。

你還是一樣笨手笨腳的。

② トイレ使ったら便座元に戻してよ。

你上完廁所後把馬桶座墊蓋回去好嗎？

 ごめん、また忘れてた。

對不起，我又忘了。

③ トイレ詰まっちゃったよ。

馬桶堵塞了。

 詰まりを直す薬買ってこないといけないね。

不去買通馬桶的不行了。

④ あれ、お湯が出ないよ。

咦，沒有熱水耶。

 お湯が出るまで時間かかるから待ってな。

要等一下才會有熱水。

⑤ シャワー浴びるわ。

我去沖個澡。

 疲れてるならお湯に浸かったら？

你很累的話要不要泡個熱水澡？

 還可以這樣說　進階練習！相關用語　CD1-4-24

前面的組句都熟練了嗎？

請嘗試一下也自己造句看看吧！

在浴缸放熱水

浴槽にお湯を張る

把浴缸的熱水倒掉

浴槽のお湯を捨てる

蓮蓬頭的水壓很弱

シャワーの水圧が弱い

用沖澡趕走睡意

シャワーで眠気を覚ます

幫你刷背

君の背中を流してあげる

來練習一下與家具布置，包括沙發、窗簾、書架、地毯、衣櫃等相關的動詞組句。

躺在沙發上	搬沙發
ソファーで横になる	ソファーを運ぶ
套沙發套	脫掉沙發套
ソファーカバーをかける	ソファーカバーを外す
拉開窗簾	拉上窗簾
カーテンを開ける	カーテンを閉める
打開百葉窗	關百葉窗
ブラインドを開ける	ブラインドを閉める
打開窗戶	關閉窗戶
窓を開ける	窓を閉める
擦窗戶	擺書架
窓を拭く	本棚を置く
把書放上書架上	書架倒了
本棚に本を並べる	本棚が倒れた

把書架固定在牆上

本棚<ruby>ほんだな</ruby>を**壁**<ruby>かべ</ruby>に**固定**<ruby>こてい</ruby>する

鋪地毯

絨毯<ruby>じゅうたん</ruby>を**敷**<ruby>し</ruby>く

擺椅子

椅子<ruby>いす</ruby>を**並**<ruby>なら</ruby>べる

把衣服從衣櫥拿出來

クローゼットから**服**<ruby>ふく</ruby>を**取**<ruby>と</ruby>り**出**<ruby>だ</ruby>す

把衣服收進衣櫥裡

クローゼットに**服**<ruby>ふく</ruby>をしまう

這種情形，要這樣說　CD1-4-26

① **ソファー**を**運**<ruby>はこ</ruby>ぶの**手伝**<ruby>てつだ</ruby>って。

幫我一起搬沙發。

 オッケー。1，2の3、はい！
<ruby>いち</ruby> <ruby>に</ruby> <ruby>さん</ruby>

好。一，二，三，起！

② ソファーカバーかけるからどいて。

我要套沙發套，走開。

 あと５分横にならせて。

讓我再躺五分鐘。

③ カーテン開けるよ。

要拉開窗簾喔。

 だめ！日焼けするじゃん！

不行！我會曬黑啦。

④ 地震が来たらこの本棚倒れそうね。

要是發生了地震，這個書架好像會倒。

 壁に固定する方法ないかな？

有沒有辦法固定在牆上。

⑤ 絨毯敷くよ

我要鋪地毯喔。

 待って、先に床を掃くから。

等一下，我要先掃地板。

還可以這樣說 　進階練習！相關用語　 CD1-4-27

前面的組句都熟練了嗎？請嘗試一下也自己造句看看吧！

打破窗戶玻璃	把椅子從倉庫拉出來
窓ガラスを割る	椅子を倉庫から引っ張り出す
女人的衣櫥永遠少了一件	當沙發馬鈴薯（Couch Potato）
女のクローゼットは常に１着足りない	カウチポテトになる

 關鍵組句 　搭配 CD 多聽多唸就記住！　 CD1-4-28

來練習一下與玄關、門禁，
包括電梯、門鎖、警衛、信箱、門鎖、旅行箱等用品相關的動詞組句。

開門	關門
ドアを開ける	ドアを閉める
敲門	鎖門鎖
ドアをノックする	ドアの鍵をかける
解開門鎖	穿拖鞋
ドアの鍵を開ける	スリッパを履く

脱拖鞋	澆花
スリッパを脱ぐ	花に水をやる

請警衛室代收包裹

警備室の人に荷物を代わりに受け取ってもらう

檢查信箱	從樓梯摔下來
ポストを調べる	階段から転ぶ

下樓梯	上樓梯
階段を下りる	階段を上る

被困在電梯裡

エレベーターに閉じ込められる

搭電梯	出電梯
エレベーターに乗る	エレベーターから降りる

用指甲剪剪指甲	用掏耳棒清耳朵
爪切りで爪を切る	耳かきで耳を掃除する

把行李從行李箱拿出來

スーツケースから荷物を取り出す

把行李裝進行李箱

スーツケースに荷物を入れる

把行李塞進行李箱

スーツケースに荷物を詰める

拖行李箱

スーツケースを引く

 這種情形，要這樣說　　CD1-4-29

① なんでノックしないのよ！
你幹嘛不敲門！

 なんで鍵かけないんだよ！
你幹嘛不鎖門！

② このお土産、
そっちのスーツケースに入れられる？
這個伴手禮可以裝進你的行李箱嗎？

 もう入らないよ。
裝不下了。

③ スーツケース重過ぎ。
行李箱太重了。

107

引いてあげるよ、貸して。

我幫你拖，拿過來。

④ 昨日さ、家のエレベーターが故障して中に閉じ込められたのよ。

昨天我被困在家裡的電梯耶。

 ダイエットした方がいいんじゃないの？

你應該要減肥吧？

⑤ 荷物は家に送ってもらったらいいかな？

請他們寄包裹到我們家就好嗎？

 うん、不在でも警備室の人が代わりに受け取ってくれるからね。

對啊，就算我們不在家裡，警衛室的人也會幫我們代收。

 還可以這樣說　進階練習！相關用語　CD1-4-30

前面的組句都熟練了嗎？請嘗試一下也自己造句看看吧！

窺看門孔	敲門卻無人應門
ドアスコープを覗く	ドアをノックしたけど応答がない

爬樓梯時踩空

<ruby>階段<rt>かいだん</rt></ruby>を<ruby>踏<rt>ふ</rt></ruby>み<ruby>外<rt>はず</rt></ruby>す

 COLUMN 日本人不會這樣講

<ruby>台湾人<rt>たいわんじん</rt></ruby>は<ruby>政治<rt>せいじ</rt></ruby>を<ruby>関心<rt>かんしん</rt></ruby>する。

　　台灣人講日文的時候常會受到母語的影響。譬如在中文裡，「關心」可以作為動詞來使用，如關心政治，關心別人等等。不過在日文裡，「<ruby>関心<rt>かんしん</rt></ruby>」通常不會作為動詞來使用，所以如果當你說「<ruby>台湾人<rt>たいわんじん</rt></ruby>は<ruby>政治<rt>せいじ</rt></ruby>を<ruby>関心<rt>かんしん</rt></ruby>する。」日本人雖然能猜出你要表達的意思，不過還是會覺得奇怪。這是因為日本人聽到「かんしんする」時，第一個想到的是同音的「<ruby>感心<rt>かんしん</rt></ruby>する」（是欣賞，佩服的意思），所以日本人可能會覺得「台灣人很欣賞政治人物嗎？」

　　那麼，「關心政治」的日文，正確要怎麼說呢？較常用的說法是「<ruby>政治<rt>せいじ</rt></ruby>に<ruby>関心<rt>かんしん</rt></ruby>がある」或是「<ruby>政治<rt>せいじ</rt></ruby>に<ruby>関心<rt>かんしん</rt></ruby>を<ruby>持<rt>も</rt></ruby>っている」等。值得注意的是，這些句子裡面的「<ruby>関心<rt>かんしん</rt></ruby>」都是名詞，而不是動詞。所以，如果你想用日文表達「台灣人很關心政治」，可以說「<ruby>台湾人<rt>たいわんじん</rt></ruby>は<ruby>政治<rt>せいじ</rt></ruby>に<ruby>関心<rt>かんしん</rt></ruby>がある」。

　　至於「關心別人」的日文，你可以說「<ruby>他人<rt>たにん</rt></ruby>のことを<ruby>気<rt>き</rt></ruby>に<ruby>掛<rt>か</rt></ruby>ける」或「<ruby>他者<rt>たしゃ</rt></ruby>に<ruby>心<rt>こころ</rt></ruby>を<ruby>寄<rt>よ</rt></ruby>せる」等。總之，你可以這樣記：日文裡沒有「<ruby>関心<rt>かんしん</rt></ruby>する」這個說法！

變美、變帥的動詞，怎麼說才漂亮？

不少女生看了日本時尚雜誌「髮型、美容篇」，都會幻想著下次遊東京時，也試試看預約一下青山的髮廊名師，但是要怎麼表達才能真的剪出一頭時髦髮型呢？

關鍵組句

搭配 CD 多聽多唸就記住！

CD 1-5-1

來練習一下與頭髮、髮型相關的動詞組句。

剪頭髮	剪瀏海
髪を切る	前髪を切る

保留瀏海	撥起瀏海
前髪を残す	前髪を上げる

染頭髮	把頭髮剪短
髪を染める	髪を短くする

把頭髮留長	燙頭髮
髪を伸ばす	髪にパーマをかける

捲頭髮

髪をカールさせる

把頭髮燙直

髪をストレートにする

綁頭髮

髪をまとめる

弄造型

髪型をセットする

換髮型

髪型を変える

掉頭髮

髪が抜ける

頭髮翹起

髪がはねる

五五分

センター分けにする

植髮

植毛する

① あれ、髪切ったの？

喔？妳剪頭髮了？

 うん、前髪は残したんだけど、変かな？

對啊，但瀏海沒有動，奇怪嗎？

② 髪を金色に染めようと思うんだけど。

我想説要不要把頭髮染金色的。

あなたもう60よ。

你都六十歲了耶。

③ 髪をストレートにしたいわ。

我想去把頭髮洗直。

 え？天パでいいじゃん、かわいいよ。

誒？我覺得自然捲OK啊，滿可愛的。

④ ちょっと髪型セットしてくる。

我去弄造型。

 大丈夫だよ、うちの親気にしないから。

沒關係，我爸媽不會在意的。

⑤ 最近(さいきん)よく髪(かみ)が抜(ぬ)けるんだよ。

我最近常掉頭髮。

 たしかに、おでこ広(ひろ)くなってきてるよね。

的確，你額頭越來越寬。

 還可以這樣說　　進階練習！相關用語　　CD1-5-3

前面的組句都熟練了嗎？
再來學一些有關整理頭髮的動詞組句吧！
同時請嘗試一下自己造句看看！

接髮　　　　　　　　　　戴假髮

エクステをつける　　　　かつらをつける

綁馬尾　　　　　　　　　綁雙馬尾

ポニーテールにする　　　ダブルのポニーテールにする

綁辮子

三(み)つ編(あ)みにする

來練習一下與化妝相關的動詞組句。

化妝	補妝
化粧をする	化粧を直す
卸妝	妝花了
化粧を落とす	化粧が崩れた
上飾底乳	上粉底
下地を塗る	ファンデーションを塗る
上蜜粉	均勻塗抹全臉
フェイスパウダーを塗る	顔全体になじませる
畫眉（毛）	拔眉毛
眉を描く	眉毛を抜く
上眼影	畫眼線
アイシャドウを塗る	アイラインを引く
拉長睫毛	讓睫毛捲翹
睫毛を伸ばす	睫毛をはねる
戴假睫毛	上睫毛膏
付け睫毛を付ける	マスカラをつける

上腮紅

チークを入れる

塗口紅

口紅を塗る

擦掉口紅

口紅を拭く

塗唇蜜

グロスを塗る

用遮瑕膏遮黑眼圈

コンシーラーで目のクマを隠す

打亮

ハイライトを入れる

 這種情形，要這樣說　　　CD 1-5-5

① 化粧崩れてるよ。

妳妝花了喔。

 ほんと？ちょっとトイレで直してくる。

真的嗎？我去廁所補一下妝。

② 眉描いてるから待ってて。

我在畫眉毛，等一下。

 早くしてよ。

快點啊。

③ キスしよう。

我們親一下吧。

 ごめん、先に口紅拭いて。

不好意思，妳先把口紅擦掉。

④ アイシャドウ塗ったんだけど、どう？

我有畫眼影，你覺得怎麼樣？

 うん、お化けみたいで可愛いよ。

嗯，跟鬼一樣可愛啊。

⑤ チーク入れた方がいいかな？

我有上腮紅比較好嗎？

 もう50なんだからあまり変わらないよ。

妳都五十歲了，沒差啦。

還可以這樣說　　進階練習！相關用語　　CD1-5-6

前面的組句都熟練了嗎？

再來學一些保養白皙肌膚的相關動詞組句吧！

請嘗試一下也自己造句看看吧！

擦護唇膏	曬黑皮膚
リップクリームを塗_ぬる	肌_{はだ}を黒_{くろ}く焼_やく

讓皮膚變白	擠破青春痘
肌_{はだ}を白_{しろ}くする	ニキビをつぶす

撐陽傘

日傘_{ひがさ}をさす

關鍵組句　　搭配 CD 多聽多唸就記住！　　CD1-5-7

來練習一下與保養肌膚相關的動詞組句。

洗臉	上化妝水
顔_{かお}を洗_{あら}う	化粧水_{けしょうすい}を付_つける

擦精華液	上乳液
美容液を付ける （びようえき つ）	乳液を付ける （にゅうえき つ）

擦防曬乳	敷片狀面膜
日焼け止めを塗る （ひ や ど ぬ）	シートマスクをつける

去角質
角質を取る （かくしつ と）

① トイレ使いたいんだけど。
（つか）

我想用廁所啦。

 顔洗ってるから我慢して。
（かおあら） （がまん）

我正在洗臉，再忍一下。

② 化粧水の次は美容液を付けて、と

先上化妝水，然後擦精華液。

 女って面倒くさそうだね。

當女生好像很麻煩。

③ 今日日差し強すぎだよ。

今天太陽太大了。

 日焼け止め塗らなかったの？

妳沒有擦防曬嗎？

④ シートマスクつけてると落ち着くわー。

敷面膜的時候很放鬆～。

 長くつけてると顔に悪いみたいだよ。

聽說敷太久會傷皮膚。

⑤ なんかカカトがカサカサしてる。

腳踝感覺乾燥粗糙耶。

 角質たまってるんじゃないの？

是不是角質太厚了？

119

還可以這樣說 進階練習！相關用語 CD 1-5-9 🎧💿

前面的組句都熟練了嗎？
再多學一點，並請嘗試一下也自己造句看看吧！

選擇適合皮膚的商品

はだ あ しょうひん えら
肌に合った商品を選ぶ

讓皮膚保濕　　　　　　　　有過敏反應

はだ ほしつ　　　　　　　　　　　　はんのう お
肌を保湿する　　　　　アレルギー反応が起きる

減肥　　　　　　　　　考慮營養均衡

えいよう　　　　かんが
ダイエットする　　　栄養バランスを考える

關鍵組句 搭配 CD 多聽多唸就記住！ CD 1-5-10 🎧💿

來練習一下與整形相關的動詞組句。

打玻尿酸　　　　　　　　　打肉毒

さんちゅうしゃ う　　　　　　　　ちゅうしゃ う
ヒアルロン酸注射を打つ　ボトックス注射を打つ

把鼻子弄小　　　　　　　　隆鼻

はな ちい　　　　　　　　　　はな たか
鼻を小さくする　　　　　鼻を高くする

鼻子弄低

はな　　ひく
鼻を低くする

嘴唇弄薄

くちびる　　うす
唇 を薄くする

嘴唇增厚

くちびる　　あつ
唇 を厚くする

嘴角往上拉提

こうかく　　あ
口角を上げる

打雷射

レーザーを当てる

抽脂肪

しぼう　　す　　と
脂肪を吸い取る

植入脂肪

しぼう　　ちゅうにゅう
脂肪を注入する

割雙眼皮

ふ　た　え
二重まぶたにする

眼睛加大

め　　　おお
目を大きくする

除毛

だつもう
脱毛する

隆乳

バストアップする

去痣

と
ほくろを取る

下巴削骨

あご　　けず
顎を削る

下巴弄尖

あご　　とが
顎を尖らせる

消除皺紋

け
しわを消す

消除斑點

け
シミを消す

121

① この人きれいだね。

這個人很漂亮。

 どうせヒアルロン酸打ってるんだよ。

她應該有打玻尿酸啦。

② 鼻を高くして、唇を薄くしたいなぁ。

我想要隆鼻，嘴唇也要弄薄。

 いくらするの？

要花多少錢？

③ レーザー当ててほくろ取ってきたよ。

我去打雷射把痣去掉了。

 すごい、完全に消えてるね。

好厲害，完全不見了。

④ 今年こそバストアップするわ！

今年一定要隆乳！

 がんばれペチャパイ！

飛機場，加油！

⑤ お金_{かね}があったら二重_{ふたえ}まぶたにしたいな。

要是有錢，我想割雙眼皮。

 そう？一重_{ひとえ}の方_{ほう}が韓国_{かんこく}スターみたいで
かっこいいよ。

是嗎？我覺得單眼皮比較帥，就跟韓星一樣。

 還可以這樣說 進階練習！相關用語 CD1-5-12

前面的組句都熟練了嗎？
多學一點整形外的門面管理說法，
請嘗試一下也自己造句看看吧！

矯正齒列	矯正暴牙
歯並_{はなら}びを治_{なお}す	出_でっ歯_ばを治_{なお}す

剃除雜毛	剃除腋毛
ムダ毛_げを剃_そる	脇毛_{わきげ}を剃_そる

PARTICLE 6

會修東修西
才稱得上一家之主

電燈壞了換個燈泡沒什麼好說嘴的，但是會給牆壁刷油漆、修馬桶、釘櫥櫃、組裝家具、修剪花草……才稱得上一家之主啊！來學一下修繕、DIY 工具相關的說法吧！

搭配 CD 多聽多唸就記住！

關鍵組句 CD1-6-1

來練習一下與 DIY 修繕相關的動詞組句。

用錘子打釘子	拔釘子
ハンマーで釘を打つ	釘を抜く
釘子生鏽	釘子歪了
釘がさびる	釘が曲がった
用錘子敲打	用起子把螺絲轉緊
ハンマーで叩く	ドライバーでねじを締める
把螺絲轉鬆	轉動螺絲
ねじを緩める	ねじを回す

用鋸子鋸木頭

のこぎりで木を切る

用砂紙打磨表面

紙やすりで表面をこする

塗油漆

ペンキを塗る

用捲尺量長度

メジャーで長さを測る

把螺帽轉緊

ナットを締める

把螺帽轉鬆

ナットを緩める

把螺帽轉開

ナットを外す

用鑿子刻木頭

ノミで木を削る

用刷子擦表面

ブラシで表面をこする

用鉗子切線

ニッパーで線を切る

用錐子鑽孔

キリで穴を開ける

用電鑽鑽孔

ドリルで穴を開ける

用磨刀石磨刀

砥石でナイフを研ぐ

組裝家具

家具を組み立てる

割草皮

芝生を刈る

① この釘もう曲がってるね。

這釘子已經歪掉了。

 仕方ない。抜いて新しいの打とうか。

沒辦法，把它拔起來再重新釘。

② ねじはどっちに回したらいい？

螺絲要往哪邊轉？

 時計回りに回して締めるんだよ。

順時針轉就可以轉緊。

③ ドリルで壁に穴開けてもいいかな？

可以用電鑽在牆壁鑽孔嗎？

 大家さんに怒られないかしら？

會不會被房東罵啊？

④ 木を切る前にメジャーで長さ測ってね。

在鋸木頭前先要用捲尺量長度喔。

 いいよ適当で。

沒關係啦，隨便就好。

⑤ あとはブラシで表面こすったら完成だよ。

再來用刷子擦表面就完成了。

 やっと終わりだね。

終於完成了捏。

 還可以這樣說　　進階練習！相關用語　　CD1-6-3

前面的組句都熟練了嗎？
請嘗試一下也自己造句看看吧！

鋸子鋸到手	木屑飄起來
のこぎりで指を切る	木のクズが舞い上がる
吸入木屑	鎚子打到手
木のクズを吸い込む	ハンマーで手を打つ
踩到釘子	油漆未乾
釘を踏みつける	ペンキがまだ乾いていない

PART2

"身體健康"

疲憊時動動眼睛、嘴巴就換個心情了

眼睛是靈魂之窗，心裡想什麼？從表現呆滯、陶醉、興奮、愛睏、仇恨、憂鬱、開心……的眼神中都能洩漏一二。所以，當你警覺到自己累得兩眼無神時，就照鏡子扮一下鬼臉，換個心情吧！

 關鍵組句　搭配 CD 多聽多唸就記住！　CD2-1-1

來練習一下與頭和臉等身體部位相關的動詞組句。

摸頭	搖頭
頭（あたま）をなでる	首（くび）を横（よこ）に振（ふ）る
點頭	垂頭喪氣
うなずく	項（うな）垂（だ）れる
脖子扭到／轉動脖子	皺眉頭
首（くび）をひねる	眉（まゆ）をひそめる
睜大眼睛	閉上眼睛
目（め）を開（ひら）く	目（め）を閉（と）じる
揉眼睛	眨眼
目（め）をこする	目（め）をつぶる／まばたきする

瞇起眼	擤鼻涕
目を細める	鼻をかむ

挖鼻孔	張開嘴巴
鼻をほじる	口を開く

閉上嘴	嘟嘴
口を閉じる	口を尖らせる

舔嘴唇	伸出舌頭
唇をなめる	舌を出す

咬到舌頭	咂舌
舌を噛む	舌打ちする

咬緊牙	收下巴
歯を食いしばる	あごをひく

嘆氣
ため息をつく

① 着替えるから目閉じてて。

我要換衣服，你眼睛閉上。

 見ねーよ。

我才不會看咧。

② 写真うまく撮れた？

照片拍得好嗎？

 だめだ、目つぶっちゃったよ。

不行，我眨眼了。

③ 何鼻ほじってんの？

你幹嘛在挖鼻孔？

 鼻がかゆいんだよ。

鼻子很癢啊。

④ 痛っ、舌噛んだ。

好痛，咬到舌頭了。

 大丈夫？舌出してごらん。

還好吧？你伸出舌頭看看。

⑤ 何ため息ついてんの？

你幹嘛嘆氣？

 スマップが解散したのよ。

SMAP 解散了。

還可以這樣說

進階練習！相關用語

CD2-1-3

前面的組句都熟練了嗎？
再多學一點，並請嘗試一下也自己造句看看吧！

摸額頭	摸耳垂
額に手を当てる	耳たぶを触る
滋潤喉嚨	口渴
喉を潤す	喉が乾く
落枕	捏臉頰
寝違える	ほっぺをつまむ
吐口水	吐痰
つばを吐く	痰を吐く

睫毛倒插

逆まつげ

搭配 CD 多聽多唸就記住！

關鍵組句　　　　　　　　　　　CD2-1-4

來練習一下與手和腳等身體部位相關的動詞組句。

揮手	伸手
手を振る	手を伸ばす
收手	握手
手を引っ込める	手を握る
打開手掌	牽手
手を開く	手をつなぐ
拍拍手	拍手（掌聲鼓勵）
手をたたく	拍手する
手發抖	手腕扭到／轉動手腕
手が震える	手首をひねる
雙手交叉	折手指
両腕を組む	手の指を曲げる
豎拇指	用手指指
親指を立てる	指で指す

剪指甲
つめ き
爪を切る

留指甲
つめ の
爪を伸ばす

収緊腋下
わき し
脇を締める

蹺二郎腿
あし く
足を組む

腳抽筋
あし
足がつる

腳發麻
あし
足がしびれる

腳變冰冷
あし ひ
足が冷える

腳踝扭到／轉動腳踝
あしくび
足首をひねる

這種情形，要這樣說　CD2-1-5

①
て
手つなご。

我們牽手吧。

ごめん、寒_{さむ}いからパス。

對不起，太冷了，不想。

②
見_みて、あの人_{ひとわたし}私に手_て振_ふってくれたよ。

你看，他對我揮手耶。

お前_{まえ}じゃないって。

不是對你揮手的。

③
お前_{まえつめ}爪伸_のばしすぎだよ。

你指甲留太長了吧。

だって爪_{つめ}切_きり壊_{こわ}れたんだもん。

沒辦法，因為指甲剪壞掉了。

④
足_{あし}組_くんだら失礼_{しつれい}よ。

你翹二郎腿很不禮貌。

大丈夫_{だいじょうぶ}だって、あいつとは仲_{なか}いいから。

沒關係啦，我跟他很熟。

⑤ くそ、足つった。

可惡，腳抽筋了。

 マッサージ要る？

要不要幫你按摩？

 還可以這樣說　進階練習！相關用語　CD2-1-6

前面的組句都熟練了嗎？

「抖腳會窮」台日的用法很類似捏！

請嘗試一下也自己造句看看吧！

扭斷腳筋	蹲
アキレス腱を切る	かがむ
跪	跪地道歉
跪く	土下座する
雙手抱著膝蓋坐	盤腿而坐
体育座りする	あぐらをかく
抖腳	（氣得）跺腳
貧乏ゆすりをする	地団駄を踏む

搭配 CD 多聽多唸就記住！

CD2-1-7

來練習一下與軀幹，
包括肩膀、腰、背、肚子、關節等身體部位
相關的動詞組句。

彎腰	拍肩膀
腰を曲げる	肩をたたく

肩膀痠	關節腫起來
肩がこる	関節が腫れる

發出關節聲響	搔背
関節を鳴らす	背中をかく

推背	駝背
背中を押す	背中を丸める

伸展背部	骨折
背中を伸ばす	骨が折れる

背椎彎曲
背骨が曲がる

収緊肚子

お腹を引っ込める

鍛錬肌肉

筋肉を鍛える

肌肉衰退

筋肉が衰える

出現皺紋

皺ができる

體脂肪增加

体脂肪が増える

體脂肪減少

体脂肪が減る

減少肥肉

贅肉を落とす

①
座りっぱで肩こったよ。
一直坐著，肩膀好緊喔。

肩揉んでほしい？
要不要幫你揉肩膀？

②
ちょっと背中かいて。
幫我抓一下背。

ここ？
這裡嗎？

③
医者に足の骨折れたって言われたよ。
醫生說我腳骨折。

じゃあしばらく仕事休むの？
那你工作要不要暫時請假？

④
年とって筋肉衰えた気がするわ。
年紀大了，感覺肌肉衰退了。

ジムでもっかい鍛え直したら？
要不要再去健身房鍛鍊回來？

⑤ 連休(れんきゅう)に食べ(た)すぎて体脂肪(たいしぼう)増え(ふ)ちゃった。

連假吃太多，體脂肪增加了不少。

 しばらくはダイエットだね。

你要先減肥一陣子吧。

 還可以這樣說　進階練習！相關用語　CD2-1-9

前面的組句都熟練了嗎？

那你們知道起雞皮疙瘩怎麼說嗎？

來學一下，並請試著自己造句看看吧！

起雞皮疙瘩	按摩背
鳥肌(とりはだ)が立つ(た)	背中(せなか)をマッサージする
接骨	伸展筋骨
骨(ほね)をくっつける	ストレッチをする

PARTICLE 2

多動、多喝水、多流汗，代謝循環好就健康

在正式的場合講小便、大便的總是讓人害羞，但這明明是正常的生理需求啊！就算是跟大老闆談合作，萬一不幸因太緊張而有那麼一急，也是得知道怎麼委婉地說才好吧。

搭配 CD 多聽多唸就記住！

關鍵組句　　　　　　　　　　　　CD2-2-1

來練習一下與流汗、流淚、上大小號等排泄相關的動詞組句。

流汗 **汗をかく**	擦汗 **汗を拭く**
汗流不停 **汗が止まらない**	小便 おしっこをする
漏尿 **おしっこが漏れる**	上大號 **うんこをする**
大便要大出來了 **うんこが漏れる**	擦屁股 **お尻を拭く**

142　　這個動作、那個情形，日語怎麼說？

放屁	流淚
おならをする	涙を流す（なみだ を なが す）

擦淚水	淚流不止
涙を拭く（なみだ を ふ く）	涙が止まらない（なみだ が と まらない）

打嗝（吃飽飯足，胃的空氣湧上來時）

げっぷする

打嗝（橫隔膜痙攣收縮而引起）

しゃっくりをする

這種情形，要這樣說　　CD2-2-2

① 散歩（さんぽ）していい汗（あせ）かいたね。
散歩後流了很多汗呢。

 タオル貸（か）して、汗拭（あせ ふ）いてあげる。
毛巾給我，我幫你擦汗。

② おしっこしたい。

我想尿尿。

我慢できないの？

不能忍嗎？

③ やばい、うんこ漏れそう。

糟糕，大便快大出來了。

早くトイレに行ってきなよ。

你趕快去上廁所啊。

④ くさっ！おならしたでしょ？

好臭！你放屁吧？

してないよ。

沒有啊。

⑤ この映画見るといつも涙が止まらないよ。

每次看這部電影都會淚流不止。

私も。

我也是。

還可以這樣說 **進階練習！相關用語** CD2-2-3

前面的組句都熟練了嗎？

來教教大家日本人上廁所的常用說法，同時說明使用的場合和對象。

就算在正式場合也難免有一急的時候，學會這些就能派上用場。

PART
2 身體健康

うんこをする だいべん 大便をする	這兩個都是比較直接的「大便、上大號」說法，常用在朋友之間，不會用在正式場合
だい 大をする	比「うんこ」或「大便」委婉一點的說法，有時候可以用在正式場合
おしっこをする しょうべん 小便をする	這兩個都是比較直接的「小便、上小號」說法，常用在朋友之間，不會用在正式場合
しょう 小をする	比「おしっこ」或「小便」委婉一點的說法，有時可以用在正式場合
よう た トイレで用を足す い トイレに行く	意思是「上廁所」，不管是上小號或大號都可以使用，在朋友之間或正式場合都適合用

145

看醫生
便利不貴很好，
但藥吃太多很不好

台灣和日本的健保比起歐美民眾負擔得少，但是因為太方便和便宜，逛醫院的人也有很多。相關單位多年來積極宣導減少醫療浪費，但效果不是太好。如果每個人領藥時，能仔細的研究副作用，應該會想少吃藥，靠飲食和運動來強壯身體吧！

搭配 CD 多聽多唸就記住！

關鍵組句　　　　　　　　　　　　　　　CD2-3-1

來練習一下與醫院相關的動詞組句。

看醫生	接受檢查
お医者さんに診てもらう	検査を受ける
量體溫	量血壓
体温を測る	血圧を測る
拿藥	吃藥
薬をもらう	薬を飲む

抽血

<ruby>採<rt>さい</rt></ruby><ruby>血<rt>けつ</rt></ruby>する

縫傷口

<ruby>傷<rt>きず</rt></ruby><ruby>口<rt>ぐち</rt></ruby>を<ruby>縫<rt>ぬ</rt></ruby>う

消毒傷口

<ruby>傷<rt>きず</rt></ruby><ruby>口<rt>ぐち</rt></ruby>を<ruby>消<rt>しょう</rt></ruby><ruby>毒<rt>どく</rt></ruby>する

包紮

<ruby>包<rt>ほう</rt></ruby><ruby>帯<rt>たい</rt></ruby>を<ruby>巻<rt>ま</rt></ruby>く

上石膏

ギプスをつける

拆石膏

ギプスを<ruby>外<rt>はず</rt></ruby>す

杵拐杖

<ruby>松<rt>まつ</rt></ruby><ruby>葉<rt>ば</rt></ruby><ruby>杖<rt>づえ</rt></ruby>をつく

坐輪椅

<ruby>車<rt>くるま</rt></ruby> <ruby>椅<rt>い</rt></ruby><ruby>子<rt>す</rt></ruby>に<ruby>乗<rt>の</rt></ruby>る

推輪椅

<ruby>車<rt>くるま</rt></ruby> <ruby>椅<rt>い</rt></ruby><ruby>子<rt>す</rt></ruby>を<ruby>押<rt>お</rt></ruby>す

住院

<ruby>入<rt>にゅう</rt></ruby><ruby>院<rt>いん</rt></ruby>する

定期去醫院

<ruby>通<rt>つう</rt></ruby><ruby>院<rt>いん</rt></ruby>する

出院

<ruby>退<rt>たい</rt></ruby><ruby>院<rt>いん</rt></ruby>する

轉院

<ruby>転<rt>てん</rt></ruby><ruby>院<rt>いん</rt></ruby>する

叫救護車

<ruby>救<rt>きゅう</rt></ruby> <ruby>急<rt>きゅう</rt></ruby><ruby>車<rt>しゃ</rt></ruby>を<ruby>呼<rt>よ</rt></ruby>ぶ

被送到醫院

<ruby>病<rt>びょう</rt></ruby><ruby>院<rt>いん</rt></ruby>に<ruby>運<rt>はこ</rt></ruby>ばれる

打針

<ruby>注<rt>ちゅう</rt></ruby> <ruby>射<rt>しゃ</rt></ruby>を<ruby>打<rt>う</rt></ruby>つ

打點滴	打麻醉

点滴を打つ （てんてき を うつ）　　麻酔を打つ （ますい を うつ）

麻酔退了

麻酔が切れる （ますい が きれる）

進入加護病房

集中治療室に入る （しゅうちゅう ちりょうしつ に はいる）

離開加護病房

集中治療室から出る （しゅうちゅう ちりょうしつ から でる）

急救

応急処置をする （おうきゅうしょち を する）

進行心臟按摩

心臓マッサージをする （しんぞう マッサージ を する）

進行人工呼吸

人工呼吸をする （じんこう こきゅう を する）

復健

リハビリをする

去探朋友的病

<ruby>友達<rt>ともだち</rt></ruby>のお<ruby>見舞<rt>みま</rt></ruby>いに行く

 這種情形，要這樣說　　　　CD2-3-2

① <ruby>検査<rt>けんさ</rt></ruby>受<rt>う</rt>けたら<ruby>入院<rt>にゅういん</rt></ruby>する<ruby>必要<rt>ひつよう</rt></ruby>あるって<ruby>言<rt>い</rt></ruby>われたよ。

去做檢查後，結果醫生說我要住院。

ほんと？いつから？

真的嗎？什麼時候開始？

② ケガどうだった？

傷口怎麼樣了？

 <ruby>傷口<rt>きずぐち</rt></ruby>を<ruby>消毒<rt>しょうどく</rt></ruby>して<ruby>包帯<rt>ほうたい</rt></ruby>巻<rt>ま</rt>いてもらったよ。

他們幫我消毒和包紮傷口。

PART

✓

2 身體健康

149

③ 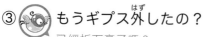 もうギプス外したの？

已經拆石膏了嗎？

うん。まだ松葉杖をつく必要あるけどね。

對啊，但是我還是需要杵拐杖。

④ 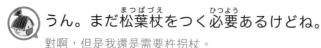 君は救急車を呼んできて。

妳幫我去叫救護車。

わかった。じゃあ応急処置はお願いね。

好。那急救就拜託你了。

⑤ 麻酔が切れたときは痛かったよ。

麻醉退了的時候很痛。

わかるわ。

我懂。

還可以這樣說　進階練習！相關用語　CD2-3-3

前面的組句都熟練了嗎？
再來學一些有關身體症狀的說法，
請嘗試一下也自己造句看看吧！

心跳停止
しんぞう と
心臓が止まる

沒有生命跡象
しんぱい ていし
心肺が停止している

呼吸困難
こきゅう こんなん
呼吸が困難

胃痛
い いた
胃が痛む

切除胃部
い き
胃を切る

胃酸逆流
い さん ぎゃくりゅう
胃酸が逆流する

截肢
あし き
脚を切る

有便秘
べんぴ
便秘になる

便秘治好了
べんぴ なお
便秘が治る

牙齒斷掉
は お
歯が折れる

出血
ち で
血が出る

發炎
えんしょう お
炎症を起こす

出現過敏反應
で
アレルギーが出る

PARTICLE 4

沒打過棒球，也一定看過棒球賽吧！

台灣跟日本都是熱愛棒球的國家，而且近幾年來，兩國的棒球隊也經常舉辦交流賽，所以，大多數人就算沒玩過棒球也都了解比賽規則。此外，台灣登山的人口也不少，這或許是因為台灣超過3000 公尺的高山就有 200 多座，而且景色非常迷人吧！

 關鍵組句

搭配 CD 多聽多唸就記住！

CD2-4-1

來練習一下與非球類運動相關的動詞組句。

熱身	拉筋
ウォーミングアップをする	ストレッチをする
慢跑	跑步
ジョギングをする	ランニングをする
漫步	參加馬拉松
ウォーキングをする	マラソンに出る

跑完馬拉松

マラソンを完走する

騎腳踏車

サイクリングをする

上健身房

ジムに行く

舉啞鈴

ダンベルをあげる

跳跳繩

縄跳びをする

跑跑步機

ランニングマシーンで走る

踩飛輪健身車

エアロバイクをこぐ

伏地挺身

腕立て伏せをする

仰臥起坐

腹筋をする

深蹲

スクワットをする

做有氧運動

エアロビクスをする

做瑜伽

ヨガをする

去健行

ハイキングに行く

爬山

山に登る

攀岩

ロッククライミングをする

衝浪

サーフィンをする

潜水	浮潜

スキューバダイビングをする　　スノーケリングをする

① よし、じゃあランニング始めようか。

好，我們開始跑步吧。

だめよ、まずはストレッチしないと。

不行啦，我們要先拉筋。

② 何か運動してる？

你有在做運動嗎？

毎週ジムに行って体を鍛えてるよ。

我每週都上健身房鍛鍊身體。

③
今日の目標は腕立て伏せと
腹筋３０回ずつだ。

今天的目標是伏地挺身和仰臥起坐各 30 下。

どうせ途中で諦めるわよ。

反正你一定是三分鐘熱度的。

④
明日はハイキングに行こうか。

我們明天去健行吧。

いいよ。

好呀。

⑤
スキューバダイビングができる
ホテルができたみたいだね。

聽說新開了一間可以潛水的飯店。

台中のホテルでしょ？

是台中的飯店吧？

PART

2 身體健康

還可以這樣說

進階練習！相關用語

CD2-4-3

前面的組句都熟練了嗎？
再來學一下游泳相關的日語用法，
請嘗試一下也自己造句看看吧！

計時	補充水分
タイムを計る	水分を補給する
鍛鍊肌肉	踩踏板
筋肉を鍛える	ペダルをこぐ
去游泳	游自由式
スイミングに行く	クロールで泳ぐ
游蛙式	游仰式
平泳ぎで泳ぐ	背泳ぎで泳ぐ
游蝶式	換氣
バタフライで泳ぐ	息継ぎをする

來練習一下與球類運動相關的動詞組句。

打棒球	揮球棒
野球をする	バットを振る
打出安打	打出全壘打
ヒットを打つ	ホームランを打つ
戴手套	丟球
グローブをつける	ボールを投げる
接球	打籃球
ボールを受ける	バスケをする
運球	傳球
ドリブルする	パスする
投球	球投入籃框
シュートする	ボールがリングに入る
打網球	打羽毛球
テニスをする	バドミントンをする

打桌球
卓球<ruby>たっきゅう</ruby>をする

握球拍
ラケットを握<ruby>にぎ</ruby>る

發球
サーブする

回球
リターンする

截球
ボレーする

打正拍
フォアハンドで打<ruby>う</ruby>つ

打反拍
バックハンドで打<ruby>う</ruby>つ

扣球
スマッシュを打<ruby>う</ruby>つ

放小球
ドロップショットを打<ruby>う</ruby>つ

切球
スライスする

球掛網
ボールがネットに掛<ruby>か</ruby>かる

打高爾夫球
ゴルフをする

揮桿
クラブを振<ruby>ふ</ruby>る

把球打到果嶺
ボールをグリーンに上<ruby>あ</ruby>げる

推球

パターを打<ruby>打<rt>う</rt></ruby>つ

一桿進洞

ホールインワンになる

踢足球

サッカーをする

踢球

ボールを<ruby>蹴<rt>け</rt></ruby>る

給球充氣

ボールに<ruby>空気<rt>くうき</rt></ruby>を<ruby>入<rt>い</rt></ruby>れる

① イチローがまたヒット打ったよ。
一朗又打出了安打耶。

 やっぱすごいねぇ。
他果然很厲害。

 ② なんでさっきパスしてくれなかったの？
你幹嘛剛剛沒傳球給我？

 自分でシュートした方がいいと思ったんだよ。
我覺得我自己投球比較好。

 ③ サーブいくよ！
我來發球喔！

 来い！思いっきりリターンしてやる。
來啊！我會全力回球的。

 ④ やっとグリーンまで上げられたよ。
好不容易把球打到果嶺耶。

 あとはパターで決めるだけね。
現在只剩下推進洞呀。

⑤ ボール蹴るよ！

我來踢球喔！

 今度こそこっちに飛ばせよ。

這次要踢到我這邊來喔。

 還可以這樣說　進階練習！相關用語　CD2-4-6

前面的組句都熟練了嗎？
啊～漏掉保齡球和撞球了，再多學一點囉！
請嘗試一下也自己造句看看吧！

打保齡球	洗溝
ボーリングをする	ガーターになる
擊倒球瓶	擊出 Strike（全中）
ピンを倒す	ストライクを出す
擊出 Spare（補中）	打撞球
スペアを出す	ビリヤードをする
擊球	把球擊進球洞
玉を突く	玉を穴に入れる

PART3

"商業交通"

有錢好辦事，
沒錢時日子照樣過

台灣人可能沒有感覺，但是第一次來的外國人一定會發現——台灣人都不在家吃早餐，早餐店和攤販很多，而且這幾年經濟沒有起色，不少年輕人也推著小攤車，在上班族出沒的捷運站周邊賣飯糰、包子、三明治。

搭配 CD 多聽多唸就記住！

關鍵組句

CD3-1-1

來練習一下與信用卡相關的動詞組句。

沒有信用卡	辦信用卡
クレカを持ってない	クレカをつくる
收到信用卡	有信用卡
クレカを受け取る	クレカを持ってる
用信用卡	刷信用卡
クレカを使う	クレカを切る
補刷信用卡	遺失信用卡
クレカをもう一度切る	クレカをなくす

掛失信用卡

クレカの紛失届けを出す

剪信用卡

クレカをハサミで切る

信用卡到期

クレカの有効期限が切れる

信用卡消磁

クレカの磁気が飛ぶ

信用卡卡片裂掉

クレカが割れる

信用卡被盗刷

クレカが悪用される

信用卡刷爆

クレカの利用限度額をオーバーする

這種情形，要這樣說　CD3-1-2

 クレカ持ってる？

你有信用卡嗎？

 持ってるよ。

有啊。

 どうやってつくるの？

要怎麼辦卡呢？

 銀行に申請して、
審査に通ったら自宅に送ってくれるよ。

只要跟銀行申請通過審查後，他們就會寄到你家。

 なるほど。
クレカ受け取った後は自由に使えるの？

是喔。收到信用卡後可以自由使用嗎？

 そうよ。
買い物のときにはクレカ切るだけだから便利よ。

對啊。只要一刷就可以買東西，很方便唷。

 ネットではクレカをカメラで読み取って
買い物できるサービスもあるみたいだね。

聽說網路商店也提供用相機掃描信用卡結帳的服務。

そうね。情報が漏れて悪用される可能性は
あるけど。

對啊，雖然有資訊外流被盜刷的風險。

悪用されたり、なくしたらどうすんの？

要是被盜刷，或遺失的話怎麼辦？

なくしたらまず紛失届けを出して、
悪用されたら銀行に言って
クレカを無効にしてもらったらいいよ。

遺失的話要掛失，被盜刷了就可以請銀行幫你撤銷信用卡。

クレカが割れたり、
磁気が飛んじゃった場合は？

那信用卡卡片裂掉或消磁的話呢？

使えなくなったら、
それも銀行に電話して聞いたらいいよ。

如果因此無法使用信用卡的話，也可以打電話去問銀行。

よし！クレカつくって有効期限が切れるまで
使いまくるぞ！

好！那我辦一張，瘋狂地用到到期！

利用限度額をオーバーしないようにね ...

小心不要刷爆⋯⋯

前面的組句都熟練了嗎？來教教大家使用信用卡消費會遇到的用語，並請嘗試一下自己造句看看吧！

開戶（銀行帳戶） こうざ 口座をつくる	簽名 しょめい サインする／署名する
變成卡奴 じごく おちい カードローン地獄に陥る	累積紅利點數 ポイントをためる
以紅利點數兌換商品 しょうひん こうかん ポイントを商品に交換する	分期付款 ぶんかつばら ぶんかつ はら 分割払いする／分割で払う
輸入卡號 ばんごう にゅうりょく クレカ番号を入力する	有 5% 的現金回饋 ご パーセント げんきんかんげん ５％の現金還元がある
收集發票 あつ レシートを集める	開發票 はっこう レシートを発行する
對發票 しょうごう レシートを照合する	參加抽獎活動 ちゅうせん さんか 抽選に参加する
抽獎 くじをひく	加入會員 かいいん 会員になる
退出會員 かいいん 会員をやめる	

來練習一下與金錢相關的動詞組句。

缺錢	交錢
お金が足りない	お金を渡す
花錢	給錢
お金を使う	お金をあげる
省錢	付錢
お金を節約する	お金を払う
存錢	出錢
お金をためる	お金を出す
匯錢	用錢滾錢
お金を振り込む	お金がお金を生む
提錢	跟他借錢
お金をおろす	彼からお金を借りる
寄錢	借錢給他
お金を送る	彼にお金を貸す
數錢	墊錢
お金を数える	お金を立て替える

賺錢	浪費錢
お金を稼ぐ	お金を無駄使いする

還錢	收錢
お金を返す	お金を受け取る

 這種情形，要這樣說　　　　　CD3-1-5

① いい加減貸したお金返してよ。

我借給你的錢差不多該還我了吧。

 いつ借りたっけ？

我什麼時候跟妳借？

② 口座にお金送ったけど、受け取った？

我有匯錢到你的戶頭，你有收到嗎？

いや、まだ入ってないよ。

沒有，還沒進帳。

③ 今日は俺のおごりだから、俺がお金出すよ。

今天我請客，我出錢。

いいよ、私も半分払うよ。

不用了，我也付一半啦。

④ 最近お金が足りなくってさ。

我最近缺錢耶。

この前稼いだお金はどこに使ったの？

你前陣子賺到的錢花到哪裡去了？

⑤ 今度返すからお金立て替えてくれる？

可以先幫我墊嗎？我下次再還你。

そうやってまた人を騙すつもりでしょ？

你又要這樣唬弄人家吧？

還可以這樣說　進階練習！相關用語　　CD3-1-6

再來學一些消費、用錢相關的用語，並請嘗試一下自己造句看看吧！

掉錢包
財布を落とす
（さいふ　お）

撿錢包
財布を拾う
（さいふ　ひろ）

把錢包交給派出所
財布を交番に届ける
（さいふ　こうばん　とど）

漲價
値上げする
（ね　あ）

降價
値下げする
（ね　さ）

維持價格
価格を据え置く
（かかく　す　お）

殺價
値切る
（ね　ぎ）

討價還價
値段交渉をする
（ねだんこうしょう）

使用折價券
クーポンを利用する
（りよう）

退款
返金する
（へんきん）

退貨
返品する
（へんぴん）

換貨
商品を交換する
（しょうひん　こうかん）

寄貨
商品を送る
（しょうひん　おく）

收貨
商品を受け取る
（しょうひん　う　と）

取貨
商品を取る
（しょうひん　と）

一手交錢，一手交貨
代引きで受け取る
（だいびき　う　と）

172　　這個動作、那個情形，日語怎麼說？

私_{わたし}はパーティーに行_いかないつもりだ

　　日文學習課本上有很多奇怪的例句，例如「私_{わたし}はパーティー
に行_いかないつもりだ」（我不打算去參加派對）。我看到這個例
句，第一個反應就是「到底誰會在什麼樣的情況下說出這句話？」
後來想一想，或許可能是：一個男生突然從椅子上站起來，對旁
邊的朋友宣布：「私_{わたし}はパーティーに行_いかないつもりだ！」不過，
這種情況很少見吧？（至少我沒遇過）。而且，女生一般不會用
句尾的「だ」。有一次有個台灣女生可能是因為背了這種「だ」
結尾的例句，跟我說「お父_{とう}さんは会社員_{かいしゃいん}だ」（我爸爸是上班族）。
我立馬糾正她。

　　再來，如果主語很明顯的情況，「私_{わたし}は」要省略（以口語來說，
「私」配上句尾「だ」本身就有問題）。所以，日本人在表達「我
不打算去參加派對」時，比較可能會這樣講：

パーティーに（は）行_いかないつもり。　　　　　（※ 男女通用）
パーティーに（は）行_いかないつもりだよ。

　　我合理的懷疑，台灣人講的日文有時很不自然的原因之一，
就是看了課本上的錯誤例句。我想，這大概是因為課本太過重視
文法教學，而犧牲了例句的實用性吧。把這種日本人不會講的日
文當作例句，實在害人不淺。事實上，連日本人寫的課本都有不
少奇怪的例句，真讓人搞不懂。

你今天 LINE 了沒，臉書打卡了嗎？

智慧型手機普及後，衍生出不少問題，眼科醫院門庭若市不講，親友或同學會聚餐上，大家互相寒暄一番，拍拍剛端上桌的菜色後，馬上低頭滑開手機畫面，上臉書打卡或傳 LINE 分享，完全失去聚會的意義了。

 關鍵組句　搭配 CD 多聽多唸就記住！　CD3-2-1

來練習一下與智慧型手機、社群平台等相關的動詞組句。

玩手機	滑手機畫面
スマホをいじる	スマホの画面（がめん）をスクロールする

按手機畫面	手機充電
スマホの画面（がめん）をタッチする	スマホを充電（じゅうでん）する

設定手機鬧鐘
スマホのアラームを設定（せってい）する

用手機自拍	用手機分享網路
スマホで自撮（じど）りする	スマホでテザリングする

下載 APP

アプリをダウンロードする

更新 APP

アプリをアップデートする

刪除 APP

アプリを削除する

用 APP 編輯照片

アプリで写真を加工する

照片打馬賽克

写真にモザイクを入れる

上傳照片

写真をアップする

用 LINE 聊天

LINE でチャットする

用 LINE 講電話

LINE で通話する

用 LINE 傳訊息

LINE でメッセージを送る

建 LINE 群組

LINE グループをつくる

播放 YouTube 影片

YouTube 動画を再生する

訂閱 YouTube 頻道

YouTube チャンネルに登録する

按讚

いいねを押す

打開閃光

フラッシュをたく

留言	分享
コメントする	シェアする
標記朋友	傳送交友邀請
友達をタグ付けする	友達申請をする
接受交友邀請	拒絕交友邀請
友達申請を受け入れる	友達申請を拒否する
刪好友	封鎖好友
友達を削除する	友達をブロックする

 這種情形，要這樣說　　CD3-2-2

① スマホいじってばかりいないでよ。
不要一直玩手機啦。

だってこのゲームおもしろいんだもん。
因為這個遊戲很好玩啊。

② あれ、写真が暗い。

　　　咦？這張照片很暗。

 フラッシュたいたの？

　　　你有打開閃光嗎？

③ アプリが開けなくなったよ。

　　　打不開這個 APP。

 アップデートしてみたら？

　　　要不要更新看看？

④ じゃあ後でラインでメッセージ送るね。

　　　那我等一下 LINE 給你。

よろしくね。

　　　謝謝囉。

⑤ 友達申請送ったよ。

　　　我傳了加友邀請給妳。

届いてないよ。

　　　還沒收到啊。

還可以這樣說　進階練習！相關用語　CD3-2-3

前面的組句都熟練了嗎？
來教教高度依賴手機者會碰上的用語，
並請嘗試一下自己造句看看吧！

收訊不好	沒有收訊
電波が悪い	電波がない

手機沒電了	手機螢幕破了
スマホの充電が切れた	スマホの画面が割れた

手機掉到馬桶裡	套上手機保護套
トイレにスマホを落とした	スマホケースをつける

貼上手機螢幕保護膜	邊走邊玩手機
スマホ保護フィルムを貼る	歩きスマホをする

設定為靜音模式	設定為震動模式
マナーモードにする	バイブにする

換鈴聲	歪樓（離題）
呼び出し音を変える	話題がずれる

路過	遇到伸手牌（自己不爬文）
スルーする.	教えて君に遭遇する

搭配 CD 多聽多唸就記住！

關鍵組句

來練習一下與電腦、網路等相關的動詞組句。

打開電腦	把電腦關掉
パソコンをつける	パソコンを切る

打字	切換日文
文字を打つ	日本語に切り替える

把滑鼠連接到電腦

パソコンにマウスをつなぐ

滑動滑鼠	移動滑鼠標
マウスを動かす	カーソルを動かす

滑鼠標不動了	打開網頁
カーソルが動かなくなった	ページを開く

把網頁關掉	把網頁縮小一點
ページを閉じる	ページを小さくする
把網頁放到最大	按左鍵
ページを最大化する	左クリックする
按右鍵	點擊連結
右クリックする	リンクをクリックする
貼上連結	複製
リンクを貼る	コピーする
貼上	複製貼上
ペーストする	コピペする
加到我的最愛	製作檔案
お気に入りに追加する	ファイルをつくる
打開檔案	儲存檔案
ファイルを開く	ファイルを保存する
把螢幕調暗	把螢幕調亮
画面を暗くする	画面を明るくする

轉換成 PDF 檔

<ruby>P D F<rt>ピーディーエフ</rt></ruby> ファイルに<ruby>変換<rt>へんかん</rt></ruby>する

把檔案容量縮小

ファイルの<ruby>容量<rt>ようりょう</rt></ruby>を<ruby>軽<rt>かる</rt></ruby>くする

附件檔案

ファイルを<ruby>添付<rt>てんぷ</rt></ruby>する

連接網路

インターネットに<ruby>接続<rt>せつぞく</rt></ruby>する

直接儲存檔案

ファイルを<ruby>上書<rt>うわが</rt></ruby>き<ruby>保存<rt>ほぞん</rt></ruby>する

連接 WiFi

<ruby>Wi-Fi<rt>ワイ ファイ</rt></ruby>に<ruby>接続<rt>せつぞく</rt></ruby>する

這種情形，要這樣說　CD3-2-5

① パソコン切(き)るよ？

我要把電腦關掉喔。

 待(ま)って、まだファイル保存(ほぞん)してないから。

等一下，我還沒存檔。

② どうやってホテル予約(よやく)したらいいの？

要怎麼訂飯店？

 このリンクをクリックしてみて。

你點這個連結看看。

③ まだレポート書(か)いてないの？

你還沒寫好報告？

 大丈夫(だいじょうぶ)だって、
ネットの文章(ぶんしょう)をコピペしたらいいんだから。

沒關係，我只要複製貼上網路上的文章就可以。

④ あれ、ネットが使(つか)えない。

咦？無法上網耶。

 Wi-Fi(ワイ ファイ)に接続(せつぞく)したの？

你有連接 WiFi 嗎？

⑤ このファイルを PDF に変換したいんだけど。
我想把這個檔案轉換成 PDF 檔。

 このサイトで無料でできるよ。
這個免費的網站可以用。

 還可以這樣說　　進階練習！相關用語　　CD3-2-6

前面的組句都熟練了嗎？
也來學一下搭配電腦使用的事務機用語，
並請嘗試一下自己造句看看吧！

戴耳機	打開麥克風
イヤホンをつける	マイクをつける
打開投影機	切掉投影機
プロジェクターをつける	プロジェクターを切る
列印文件	影印文件
書類をプリントアウトする	書類をコピーする
掃描文件	儲存到 USB
書類をスキャンする	USB に保存する

改變便利貼的用法，辦公心情煥然一新

之前看到報導，紐約堅尼街的廣告公司發揮創意，利用便利貼在窗戶上貼上「Hi」的招呼語，結果對面的大樓也如法炮製，意外掀起「便利貼創意競賽」。聽說因為這樣辦公室氣氛熱絡，同事間的感情也變得更好了。

關鍵組句　　搭配 CD 多聽多唸就記住！　　CD3-3-1

來練習一下與辦公事務用品相關的動詞組句。

傳真	收到傳真
ファックスを送る	ファックスを受け取る
印表機的墨水沒了	補充墨水
プリンターのインクが切れた	インクを補充する
印表機卡紙了	放大影印
プリンターの紙が詰まった	拡大コピーする
縮小影印	雙面影印
縮小コピーする	両面コピーする

廢紙再次使用

裏紙を再利用する
<ruby>裏<rt>うら</rt></ruby><ruby>紙<rt>がみ</rt></ruby>を<ruby>再<rt>さい</rt></ruby><ruby>利<rt>り</rt></ruby><ruby>用<rt>よう</rt></ruby>する

用釘書機把文件釘起來

ホッチキスで書類をとめる
ホッチキスで<ruby>書<rt>しょ</rt></ruby><ruby>類<rt>るい</rt></ruby>をとめる

補充釘書針

ホッチキスの針を補充する
ホッチキスの<ruby>針<rt>はり</rt></ruby>を<ruby>補<rt>ほ</rt></ruby><ruby>充<rt>じゅう</rt></ruby>する

用迴紋針把文件夾起來

クリップで書類をとじる
クリップで<ruby>書<rt>しょ</rt></ruby><ruby>類<rt>るい</rt></ruby>をとじる

把東西放進置物櫃裡

ロッカーに物を入れる
ロッカーに<ruby>物<rt>もの</rt></ruby>を<ruby>入<rt>い</rt></ruby>れる

把東西從置物櫃拿出來

ロッカーから物を取り出す
ロッカーから<ruby>物<rt>もの</rt></ruby>を<ruby>取<rt>と</rt></ruby>り<ruby>出<rt>だ</rt></ruby>す

把文件整理到透明文件夾

クリアファイルに書類を入れる
クリアファイルに<ruby>書<rt>しょ</rt></ruby><ruby>類<rt>るい</rt></ruby>を<ruby>入<rt>い</rt></ruby>れる

貼上便利貼

付箋を貼る
<ruby>付<rt>ふ</rt></ruby><ruby>箋<rt>せん</rt></ruby>を<ruby>貼<rt>は</rt></ruby>る

這種情形，要這樣說　CD3-3-2

① またプリンターの紙詰まっちゃった。
印表機又卡紙了。

新しいのに買い替えた方がいいのかな。
該換新的吧。

② ファックス送ったけど届いてる？
我傳真了，你有收到嗎？

いや、まだ来てないよ。いつ送ったの？
還沒收到喔。你是什麼時候傳真的？

③ じゃーこれコピーしといて。
那你幫我影印這個。

両面？それとも片面？
要印雙面，還是單面？

④ ホッチキスはどことめたらいい？
要釘在哪裡？

左上角でいいよ。
釘在左上角就好。

186　這個動作，那個情形，日語怎麼說？

⑤ 請求書どこにしまったか知らない？

你知道請款單放在哪裡嗎？

 あのクリアファイルに入ってるよ。

就在那個透明資料夾裡面。

 還可以這樣說　進階練習！相關用語　CD3-3-3

前面的組句都熟練了嗎？
再多補充一些相關用語，並請嘗試一下自己造句看看吧！

文件用碎紙機碎掉	通話保留
書類をシュレッダーにかける	電話を保留にする
電話轉到別的部門	睡午覺
電話を他の部署につなぐ	昼寝する
做會議紀錄	接待客戶
議事録をつくる	お客様を接待する
端茶	用光筆
お茶を出す	レーザーポインターを使う
用計算機計算	補充自動筆筆芯
電卓で計算する	シャーペンの芯を補充する

搭公車讓座和選擇不讓座，其實是一門學問

常看到關於外國旅客被年輕人讓座覺得很溫暖的新聞，事實上「讓座」這件事，沒有表面上那麼簡單。比方說有些老年人基於健康的理由，並不想被讓座，又有些年輕上班族真的是身體太疲勞而不想讓座；這件事認真討論起來沒完沒了啊！

 關鍵組句　搭配 CD 多聽多唸就記住！　CD3-4-1

來練習一下與大眾運輸工具相關的動詞組句。

等公車	上公車
バスを待（ま）つ	バスに乗（の）る

舉手	緊握吊環
手（て）を挙（あ）げる	つり革（かわ）につかまる

抓住手把	坐博愛座
手（て）すりにつかまる	優先座席（ゆうせんざせき）に座（すわ）る

讓座	公車搖晃
席<ruby>席<rt>せき</rt></ruby>を<ruby>譲<rt>ゆず</rt></ruby>る	**バス**が<ruby>揺<rt>ゆ</rt></ruby>れる
按下車鈴	下公車
<ruby>降車<rt>こうしゃ</rt></ruby>**ブザー**を<ruby>鳴<rt>な</rt></ruby>らす	**バス**を<ruby>降<rt>お</rt></ruby>りる
買票	上電車
<ruby>切符<rt>きっぷ</rt></ruby>を<ruby>買<rt>か</rt></ruby>う	<ruby>電車<rt>でんしゃ</rt></ruby>に<ruby>乗<rt>の</rt></ruby>る
換電車	坐過站
<ruby>電車<rt>でんしゃ</rt></ruby>に<ruby>乗<rt>の</rt></ruby>り<ruby>換<rt>か</rt></ruby>える	<ruby>駅<rt>えき</rt></ruby>を<ruby>乗<rt>の</rt></ruby>り<ruby>過<rt>す</rt></ruby>ごす
補票	坐反方向的電車
<ruby>清算<rt>せいさん</rt></ruby>する	<ruby>反対方向<rt>はんたいほうこう</rt></ruby>の<ruby>電車<rt>でんしゃ</rt></ruby>に<ruby>乗<rt>の</rt></ruby>る
走出剪票口	叫計程車
<ruby>改札<rt>かいさつ</rt></ruby>を<ruby>出<rt>で</rt></ruby>る	**タクシー**を<ruby>呼<rt>よ</rt></ruby>ぶ
繫安全帶	行李放在後車廂
シートベルトを<ruby>締<rt>し</rt></ruby>める	**トランク**に<ruby>荷物<rt>にもつ</rt></ruby>を<ruby>入<rt>い</rt></ruby>れる
付車資	托運行李
（**タクシー**）<ruby>料金<rt>りょうきん</rt></ruby>を<ruby>支払<rt>しはら</rt></ruby>う	<ruby>荷物<rt>にもつ</rt></ruby>を<ruby>預<rt>あず</rt></ruby>ける

到機場劃位
空港<ruby>空港<rt>くうこう</rt></ruby>でチェックインする

接受手提行李檢查
<ruby>手荷物検査<rt>てにもつけんさ</rt></ruby>を<ruby>受<rt>う</rt></ruby>ける

接受出境審查
<ruby>出国審査<rt>しゅっこくしんさ</rt></ruby>を<ruby>受<rt>う</rt></ruby>ける

出示護照
パスポートを<ruby>見<rt>み</rt></ruby>せる

在登機門處等
<ruby>搭乗口<rt>とうじょうぐち</rt></ruby>で<ruby>待<rt>ま</rt></ruby>つ

上飛機
<ruby>飛行機<rt>ひこうき</rt></ruby>に<ruby>乗<rt>の</rt></ruby>る

飛機起飛
<ruby>飛行機<rt>ひこうき</rt></ruby>が<ruby>離陸<rt>りりく</rt></ruby>する

吃機上餐
<ruby>機内食<rt>きないしょく</rt></ruby>を<ruby>食<rt>た</rt></ruby>べる

飛機落地
<ruby>飛行機<rt>ひこうき</rt></ruby>が<ruby>着陸<rt>ちゃくりく</rt></ruby>する

① トランク開けてくれる？

可以幫我打開後車箱嗎？

オッケー、荷物入れてあげるよ。

好，我幫你把行李放進去。

② バス揺れるからつり革につかまっててね。

公車會搖晃，你要緊握吊環喔。

そんなに揺れるの？

會那麼搖晃嗎？

③ やべ、駅乗り過ごした。

糟糕，我們坐過站了。

ちょっと、しっかりしてよ。

吼，你謹慎一點啊。

④ 改札出たら電話ちょうだい。

你走出剪票口後打電話給我。

はーい。

好。

⑤ 空港チェックインは
何時（なんじ）までにしないといけない？

我們幾點之前要到機場劃位？

 10時（じゅうじ）までよ。

在十點之前。

 還可以這樣說

進階練習！相關用語

CD3-4-3

前面的組句都熟練了嗎？
這裡幫大家補充一些自行開車或騎車等相關用語，
並請嘗試一下自己造句看看吧！

開車	插鑰匙
車（くるま）を運転（うんてん）する	鍵（かぎ）をさす
拔鑰匙	啟動引擎
鍵（かぎ）を抜（ぬ）く	エンジンをかける
停止引擎	踩油門
エンジンを切（き）る	アクセルを踏（ふ）む
刹車	換檔
ブレーキをかける	ギアチェンジする

打方向燈

ウインカーを出す

開雨刷

ワイパーをかける

按喇叭

クラクションを鳴らす

左轉

左に曲がる

右轉

右に曲がる

迴轉

Uターンする

換車道

車線を変更する

超越前車

前の車を追い抜く

看後照鏡

サイドミラーを見る

倒車

バックする

停車

駐車する

騎機車

バイクを運転する

戴安全帽

ヘルメットをかぶる

坐後座

後ろに乗る

兜風去

ドライブに行く

PART4
"校園生活"

離開學校以後，才開始想念校園的生活

學生時代不只要認真念書，也要認真玩樂，創造美好回憶才好。事實上有不少個性不受體制約束的人，學業成績吊車尾，離開學校進入社會後反而更積極閱讀。這難道是在追證孔子的至理名言「書到用時方恨少」嗎？

搭配 CD 多聽多唸就記住！

關鍵組句　　　　　　　　　　　　　　　　CD4-1-1

來練習一下與校園記事相關的動詞組句。

排桌子	把桌子併排
机（つくえ）を並（なら）べる	机（つくえ）をくっつける

換座位	寫黑板
席（せき）替（が）えをする	黒板（こくばん）に書（か）く

擦黑板	粉筆斷了
黒板（こくばん）を消（け）す	チョークが折（お）れた

清潔黑板擦

<ruby>黒板<rt>こくばん</rt></ruby><ruby>消<rt>け</rt></ruby>しを<ruby>掃除<rt>そうじ</rt></ruby>する

影印筆記本

ノートをコピーする

抄黑板

<ruby>黒板<rt>こくばん</rt></ruby>を<ruby>写<rt>うつ</rt></ruby>す

畫線

<ruby>線<rt>せん</rt></ruby>を<ruby>引<rt>ひ</rt></ruby>く

用螢光筆 mark 起來

<ruby>蛍光<rt>けいこう</rt></ruby>ペンでマークする

忘記帶課本

<ruby>教科書<rt>きょうかしょ</rt></ruby>を<ruby>忘<rt>わす</rt></ruby>れる

在課本上塗鴉

<ruby>教科書<rt>きょうかしょ</rt></ruby>に<ruby>落書<rt>らくが</rt></ruby>きする

在答案卷上寫名字

<ruby>答案用紙<rt>とうあんようし</rt></ruby>に<ruby>名前<rt>なまえ</rt></ruby>を<ruby>書<rt>か</rt></ruby>く

交答案卷

<ruby>答案用紙<rt>とうあんようし</rt></ruby>を<ruby>提出<rt>ていしゅつ</rt></ruby>する

發答案卷

<ruby>答案用紙<rt>とうあんようし</rt></ruby>を<ruby>配<rt>くば</rt></ruby>る

收答案卷

<ruby>答案用紙<rt>とうあんようし</rt></ruby>を<ruby>集<rt>あつ</rt></ruby>める

丟掉答案卷

<ruby>答案用紙<rt>とうあんようし</rt></ruby>を<ruby>捨<rt>す</rt></ruby>てる

作弊

カンニングする

解題

<ruby>問題<rt>もんだい</rt></ruby>を<ruby>解<rt>と</rt></ruby>く

打分數

<ruby>採点<rt>さいてん</rt></ruby>する

放學後留下來

<ruby>放課後<rt>ほうかご</rt></ruby><ruby>残<rt>のこ</rt></ruby>る

197

補習／補課

補習を受ける
ほしゅう　う

自習

自習する
じしゅう

鈴聲響

チャイムが鳴る
な

起立

起立する
きりつ

坐下

着席する
ちゃくせき

打瞌睡

居眠りする
い　ねむ

傳紙條

メモを回す
まわ

點名

点呼をとる
てん　こ

交功課

<ruby>宿題<rt>しゅくだい</rt></ruby>を<ruby>提出<rt>ていしゅつ</rt></ruby>する

考試分數不及格

<ruby>赤点<rt>あかてん</rt></ruby>を<ruby>取<rt>と</rt></ruby>る

被退學

<ruby>退学<rt>たいがく</rt></ruby>させられる

這種情形，要這樣說　　　CD4-1-2

① <ruby>黒板<rt>こくばん</rt></ruby><ruby>消<rt>け</rt></ruby>すよ。
我要擦黑板喔。

 <ruby>待<rt>ま</rt></ruby>って、まだ<ruby>写<rt>うつ</rt></ruby>してないんだ。
等一下，我還沒抄好。

PART
→
4
校園生活

② きょう席替えするってさ。

聽説今天要換座位。

あの子の隣がいいなぁ。

我想換到那個女孩的隔壁。

③ さっきの授業また居眠りしちゃったよ。

剛才的課我又打瞌睡了。

あんた退学させられるんじゃない？

你該不會被退學吧？

④ テストで赤点取っちゃったよ。

我考試分數不及格耶。

放課後残って補習しないとね。

你放學後要留下來補習啊。

⑤ テストどうだった？

考得怎麼樣？

カンニングしたからバッチリ！

作弊成功，考得完美！

前面的組句都熟練了嗎？
請試著嘗試一下也自己造句看看吧！

成為全班第一名
クラスで一番になる

吊車尾
ビリになる

在走廊上跑
廊下を走る

睡午覺
昼寝する

在運動場玩
グランドで遊ぶ

加入社團
サークルに入る

退出社團
サークルをやめる

玩捉迷藏
鬼ごっこをする

玩躲貓貓
隠れん坊をする

玩一二三木頭人
「だるまさんが転んだ」をする

被罰站在走廊上
廊下に立たされる

申請獎學金
奨学金を申請する

唱校歌
校歌を歌う

被問到
日文學習問題時，
要怎麼回答？

在學習日文的過程中，一定有機會被問到相關的問題，造句、背單字、理解文法、查字典、加強動詞、參加日文檢定考試等，本單元統整了相關的組句，把它背起來就能派上用場喔。

搭配 CD 多聽多唸就記住！

關鍵組句　　　　　　　　　　　　　　CD4-2-1

來練習一下與日語學習相關的動詞組句。

記單字	想不起單字
たんご おぼ **単語を覚える**	たんご おも だ **単語を思い出せない**

增加詞彙	造句
ごい ふ **語彙を増やす**	ぶん **文をつくる**

舉例句	寫文章
れいぶん あ **例文を挙げる**	ぶんしょう か **文章を書く**

修改文章 **文章**を添削する	

請人修改文章 **文章**を添削してもらう	背文章 **文章**を暗記する
了解文法 **文法**を理解する	解釋文法 **文法**を説明する
查字典 **辞書**を調べる	了解意思 **意味**を理解する
猜測意思 **意味**を推測する	從上下文判斷 **文脈**で判断する
改善發音 **発音**を良くする	有腔調 **訛り**がある
沒有腔調 **訛り**がない	跟得上聲音 **音声**についていける
跟不上聲音 **音声**についていけない	加強動詞 **動詞**を強化する

PART
4
校園生活

加強搭配（詞語搭配）
コロケーションを強化する

加強口說能力	加強聽力
スピーキングを伸ばす	リスニングを伸ばす

加強寫作能力	加強閱讀能力
ライティングを伸ばす	リーディングを伸ばす

標讀音	遮掉字幕
読み仮名をふる	字幕を隠す

依賴字幕	利用逐字稿
字幕に頼る	スクリプトを利用する

模仿日本人	
日本人の真似をする	

這種情形，要這樣說　　CD4-2-2

① またあの単語思い出せなかった。

我又想不起那個單字。

単語って覚えても忘れるよね。

記了單字也很快就忘記對不對。

② この文章添削してくれない？

可以幫我修改這篇文章嗎？

いいよ、いくらくれるの？

好啊，你會給我多少錢呢？

③ 君の日本語は訛りがないね。

妳的日語沒有腔調耶。

当たり前じゃん、私日本人だし。

廢話，我是日本人啊。

④ ドラマ見るときは字幕隠さないと。

看日劇要遮字幕啊。

ムリムリ、字幕見ないと意味わかんないし。

不行，不看字幕會看不懂。

PART

→

4
校園生活

205

⑤ 日本語が伸びなくて困ってるんだ。
日語都沒進步，很頭痛耶。

 毎日日本語に触れてる？
你每天都接觸日語嗎？

 還可以這樣說

進階練習！相關用語

CD4-2-3

前面的組句都熟練了嗎？
再來學一些關於日文檢定的組句，
請嘗試一下也自己造句看看吧！

<table>
<tr><td>唸出來</td><td>做跟讀</td></tr>
<tr><td>声に出して読む</td><td>シャードーイングをする</td></tr>
<tr><td>做聽寫</td><td>報名日語檢定</td></tr>
<tr><td>ディクテーションをする</td><td>日本語能力試験に申し込む</td></tr>
<tr><td>考日語檢定</td><td>考過日語檢定</td></tr>
<tr><td>日本語能力試験を受ける</td><td>日本語能力試験に合格する</td></tr>
</table>

日語檢定落榜

日本語能力試験に落ちる

ずっと解釈ばっかしている。

中文的「解釋」是一個常用詞,例如「能不能幫我解釋一下?」或「我不想聽你解釋!」都是常聽到的說法。

雖然日文也有「解釈」這個詞,不過它的意思跟中文的「解釋」並不完全一樣。日文的「解釈」相當於中文的「解讀」或「詮釋」,也就是和「如何看待某件事」有關。

上面舉的「ずっと解釈ばっかしている。」這句話是我的學生在會話課上說的。我了解他想表達的意思,其實是「那個人(不認錯)一直在解釋。」所以我告訴他說,這種情形日文要講「ずっと言い訳ばっかしている。」

「言い訳」相當於中文的「藉口」,而「言い訳(を)する。」就有「解釋」(=為自己辯護)的意思。

那麼,「能不能幫我解釋一下?」的日文要怎麼說呢?當然也不能用「解釈」這個詞喔。日本人比較常用的是「説明してくれない?」(能不能幫我說明一下?)或「解説してくれない?」(能不能幫我解說一下?)。總之,日文的「解釈」沒有口語上用的「說明」或「辯護」的意思,不能搞錯喔~。

PART

→

4
校園生活

成績單
是給自己看的，
還是給父母看的？

學生最討厭的事情大概是考試，最期待的一定是放暑假。台灣的
學生只要熬過每年六月的期末考，老師發下成績單後，接著就是
將近兩個月的長假。萬一考差了，不及格，等於被通知暑假得來
補課、補考，一整個糟糕！

搭配 CD 多聽多唸就記住！

關鍵組句

CD4-3-1

來練習一下與校務，包括老師、上課、家庭訪問等相關的動詞組句。請注
意！這裡列出的點名、上課、開始上課、下課，以及備課的日文主詞一定
都是老師，而不是學生喔！

點名	上課
<ruby>点<rt>てん</rt></ruby><ruby>呼<rt>こ</rt></ruby>をとる	<ruby>授業<rt>じゅぎょう</rt></ruby>をする
開始上課	下課
<ruby>授業<rt>じゅぎょう</rt></ruby>を<ruby>始<rt>はじ</rt></ruby>める	<ruby>授業<rt>じゅぎょう</rt></ruby>を<ruby>終<rt>お</rt></ruby>える
備課	學校停課
<ruby>授業<rt>じゅぎょう</rt></ruby>の<ruby>準備<rt>じゅんび</rt></ruby>をする	<ruby>休校<rt>きゅうこう</rt></ruby>になる

整理重點
ポイントを整理する

公布考試範圍
試験範囲を発表する

叫學生站起來
生徒を立たせる

叫學生舉手
生徒に手を挙げさせる

叫學生罰站走廊
生徒を廊下に立たせる

叫學生坐下
生徒を座らせる

批改考卷
答案用紙をチェックする

出題
問題を出す

做家庭訪問
家庭訪問する

用紅筆圈起來
赤ペンで丸する

會見家長
保護者に会う

讚美學生
生徒を褒める

鼓勵學生
生徒を励ます

罵學生
生徒を叱る

監考
試験監督をする

指導社團活動
部活指導をする

發成績單
通知表を配る

提供升學諮詢
進路相談に乗る

這種情形，要這樣說　　　CD4-3-2

① はい、授業を始めるよ。
好，我們現在開始上課喔。

先生、今日は生徒私だけですか？
老師，今天學生只有我一個嗎？

② 先生、明日は台風で休校になりますか？
老師，明天會因為颱風停課嗎？

それは市長の判断次第だね。
那要看市長怎麼判斷。

③ 先生、進路相談に乗ってくれませんか？
老師，能不能向您諮詢升學方面的事？

いいよ、何で悩んでるの？
好啊，你有什麼煩惱呢？

④ あれ、ここの答なんだったかな？

咦，我忘了這個答案是什麼。

 先生、ちゃんと授業の準備したんですか？

老師，你有認真備課嗎？

 ⑤ じゃあ今から問題１つ出すよ。

那我現在出一個題目考你們喔。

 先生、私を当てないでください。

老師，請不要點我。

 還可以這樣說　進階練習！相關用語　CD4-3-3

前面的組句都熟練了嗎？
請嘗試一下也自己造句看看吧！

走錯教室	向老師道謝
教室を間違える	先生にお礼を言う
訪問母校老師	防止霸凌
母校の先生を訪ねる	いじめを防止する
發現霸凌	解決霸凌
いじめを見つける	いじめを解決する

齁喔～約會，小心校外談戀愛被抓包

遊樂園是日本少女漫畫經常出現的約會場景，通常男女主角一前一後的進入鬼屋，最後牽著手走出來，然後把握時間在閉園之前搭上摩天輪，在到達最頂端時，印下最甜蜜的誓約之吻。想起來還挺讓人害羞捏～

　搭配 CD 多聽多唸就記住！

關鍵組句　　　　　　　　　　　CD4-4-1

來練習一下與校外聯誼相關的動詞組句。

> 坐雲霄飛車

ジェットコースターに乗^のる

> 雲霄飛車停住

ジェットコースターが止^とまる

> 下雲霄飛車

ジェットコースターから降^おりる

坐咖啡杯

コーヒーカップに乗<ruby>る<rt>の</rt></ruby>

坐摩天輪	摩天輪搖晃
観覧車に乗る	観覧車が揺れる

摩天輪轉一圈	坐旋轉木馬
観覧車が一周する	メリーゴーランドに乗る

去鬼屋	滑溜滑梯
お化け屋敷に行く	滑り台を滑る

爬溜滑梯	盪鞦韆
滑り台を登る	ブランコを漕ぐ

玩翹翹板	堆沙城
シーソーで遊ぶ	砂の城をつくる

爬格子	玩單槓
ジャングルジムに登る	鉄棒で遊ぶ

懸掛在單槓上	在單槓上翻轉
鉄棒にぶら下がる	鉄棒で逆上がりする

PART

→

4 校園生活

① ジェットコースターに乗ろうよ。

我們去坐雲霄飛車吧。

これちょっと高すぎない？

這太高了吧？

② この観覧車すっごい揺れてるよね？

這個摩天輪搖得太厲害吧？

うん、ちょっと不安になってきた。

對啊，我開始感到有些不安。

③ お化け屋敷行こうぜ。

我們去鬼屋玩吧。

死んでもやだ。

死都不要。

④ 一緒にブランコ漕ごうよ。

我們一起盪鞦韆吧。

 子供じゃないんだからやめようよ。

不要吧，我們又不是小孩。

⑤ なんで鉄棒にぶら下がってんの？

你幹嘛懸掛在單槓？

 ストレッチ。

我在伸展筋骨啊。

 還可以這樣說　　進階練習！相關用語　　CD4-4-3

前面的組句都熟練了嗎？

台灣的校園情侶似乎更常一起逛夜市捏～

也來學一下相關的日語說法，請嘗試一下也自己造句看看吧！

逛夜市	玩射擊
夜市をぶらぶらする	射的で遊ぶ
子彈擊中中心靶	撈金魚
弾が的に当たる	金魚をすくう

PART5
"休閒活動"

拜廉航之賜，
台日的交流
更緊密了

2011 年 3 月 11 日，日本東北地區因地震激發 13 層樓高的海嘯，環境遭到嚴重破壞，死亡人數達 1.6 萬人，引起世界注目。當時台灣人捐助了 200 多億，讓本來不認識台灣的日本人開始注意到這個好鄰居。事實上，台灣人每年訪日的人次也是數一數二，並且有越來越多日本人來台灣旅遊了。

搭配 CD 多聽多唸就記住！

關鍵組句　　　　　　　　　CD5-1-1

來練習一下與旅行相關相關的動詞組句。

打國際電話	利用國際漫遊
こくさいでんわ 国際電話をかける	こくさい　　　　　　　りよう 国際ローミングを利用する
設定 Wi-Fi	租 Wi-Fi（機器）
ワイ ファイ　せってい Wi-Fi を設定する	ワイ ファイ Wi-Fi をレンタルする
住飯店	訂飯店
と ホテルに泊まる	よやく ホテルを予約する

付押金

<ruby>前<rt>まえ</rt></ruby><ruby>金<rt>きん</rt></ruby>を<ruby>支<rt>し</rt></ruby><ruby>払<rt>はら</rt></ruby>う

填寫住宿登記表

<ruby>宿<rt>しゅく</rt></ruby><ruby>泊<rt>はく</rt></ruby>カードに<ruby>記<rt>き</rt></ruby><ruby>入<rt>にゅう</rt></ruby>する

換房間

<ruby>部<rt>へ</rt></ruby><ruby>屋<rt>や</rt></ruby>を<ruby>変<rt>か</rt></ruby>える

使用電熱水瓶煮水

ポットでお<ruby>湯<rt>ゆ</rt></ruby>を<ruby>沸<rt>わ</rt></ruby>かす

打給櫃檯

フロントに<ruby>電<rt>でん</rt></ruby><ruby>話<rt>わ</rt></ruby>する

坐接駁車

<ruby>送<rt>そう</rt></ruby><ruby>迎<rt>げい</rt></ruby>バスに<ruby>乗<rt>の</rt></ruby>る

無早餐

<ruby>朝<rt>ちょう</rt></ruby><ruby>食<rt>しょく</rt></ruby>がついていない

附早餐

<ruby>朝<rt>ちょう</rt></ruby><ruby>食<rt>しょく</rt></ruby>がついている

申請 morning call

モーニングコールを<ruby>お<rt>ねが</rt></ruby><ruby>願<rt></rt></ruby>いする

請櫃檯代收包裹

フロントに<ruby>荷<rt>に</rt></ruby><ruby>物<rt>もつ</rt></ruby>を<ruby>受<rt>う</rt></ruby>け<ruby>取<rt>と</rt></ruby>ってもらう

指定飯店為收件處

ホテルを<ruby>送<rt>おく</rt></ruby>り<ruby>先<rt>さき</rt></ruby>に<ruby>指<rt>し</rt></ruby><ruby>定<rt>てい</rt></ruby>する

把行李寄放櫃檯

<ruby>荷<rt>に</rt></ruby><ruby>物<rt>もつ</rt></ruby>をフロントに<ruby>預<rt>あず</rt></ruby>ける

安排計程車

タクシーを手配する

有空房

空き部屋がある

沒有空房

空き部屋がない

整理房間

部屋を掃除する

刷房卡

ルームキーをかざす

入房

チェックインする

退房

チェックアウトする

問路

道を尋ねる

迷路

道に迷う

這種情形，要這樣說 CD5-1-2 🎧

① ホテル予約したよ。
飯店訂好了喔。

前金を支払う必要ある？
要付押金嗎？

② ちょっと部屋たばこ臭いね。
房間有點菸味。

部屋変えてもらおうか。
請他們換房間吧。

③ 道に迷っちゃったみたいだ。
好像迷路了耶。

 あの人に聞いてみよ。
我們去問那個人。

④ Wi-Fi レンタルする？

要不要租 Wi-Fi 機？

 国際ローミングでいいんじゃない？

我們用國際漫遊就好了吧？

⑤ タクシー手配してもらおうか？

要請他們安排計程車嗎？

 送迎バスで駅まで行ったらいいよ。

我們坐接駁車到車站就好了。

 還可以這樣說　　進階練習！相關用語　　CD5-1-3

前面的組句都熟練了嗎？
來學一下在日本旅行會用到的說法，
請嘗試一下也自己造句看看吧！

畫地圖	直走
地図を描く	まっすぐ行く
訂餐廳	買餐券
レストランを予約する	食券を買う

交付餐券	做功課（事前調查）
しょっけん わた 食券を渡す	したしら 下調べする

填寫入境表	換日幣
にゅうこく きにゅう 入国カードに記入する	えん りょうがえ 円に両替する

退稅	結帳
ぜいきんかんぷ しんせい 税金還付を申請する	かいけい 会計をする

拍紀念照	寄明信片
きねんさつえい 記念撮影をする	えはがき おく 絵葉書を送る

泡溫泉	使用三溫暖
おんせん はい 温泉に入る	りょう サウナを利用する

換浴衣
ゆかた きが 浴衣に着替える

PARTICLE 2

吃吃喝喝、唱歌、看電影，是很花錢的紓壓法

台北幾乎 24 小時都很熱鬧，夜生活很精彩，電影院、KTV、夜市、熱炒店、啤酒屋、便利商店，甚至還可以去北投泡湯。不過，能讓身體充分休息的紓壓方式，還是去戶外走走比較好，就算只是去隔壁的公園野餐也不錯。

搭配 CD 多聽多唸就記住！

關鍵組句

CD5-2-1

來練習一下與都會圈的休閒娛樂相關的動詞組句。

去 KTV	唱卡拉 OK
カラオケに行く	カラオケで歌う
點歌	插歌
曲を入れる	曲を割り込ませる
切歌	升 key
曲を切る	キーを上げる

224224 這個動作，那個情形，日語怎麼說？

降 key	麥克風發出刺耳的聲音
キーを下げる	**マイクがハウリングを起こす**

延長（唱歌）時間	退房
時間を延長する	**退室する**

看電影	電影開始播放
映画を見る	**映画が始まる**

電影結束	訂電影票
映画が終わる	**映画を予約する**

買票
チケットを買う

排隊
列に並ぶ

戴 3D 眼鏡
３Ｄメガネをかける

訂前排座位
前の席を取る

訂後排座位

後_{うし}ろの席_{せき}を取_とる

出示票

チケットを見_みせる

離席

席_{せき}を立_たつ

開始跑演出者名單

エンドロールが流_{なが}れる

逛百貨公司

デパートをぶらぶらする

在美食街吃飯

フードコートで食_たべる

拿呼叫器

呼_よび出_だし機_きを受_うけ取_とる

呼叫器響起

呼_よび出_だし音_{おん}が鳴_なる

中獎品

景_{けい}品_{ひん}が当_あたる

這種情形，要這樣說　CD5-2-2

① 曲入れてあげる。
きょく　い

我幫你點歌。

何歌ってほしいの？
なにうた

妳要我唱什麼歌？

② ちょっとキー下げて。
さ

幫我降 key。

どこ押せばいいの？
お

要按哪裡？

③ 映画終わったよ、出ようか。
えいが　お　　　　　　で

電影結束了，我們走吧。

待って、エンドロール最後まで見たいから。
ま　　　　　　　　　　　　　さいご　　　み

等一下，我想要看完演出者名單。

PART

5 休閒活動

227

④ これからどうする？

我們現在要幹嘛？

 デパートぶらぶらしよ。

我們去逛百貨公司，好嗎？

⑤ 呼び出し音鳴ってるよ。

呼叫器在響喔。

 速いな、料理取ってくるよ。

好快喔，我去取餐。

 還可以這樣說　進階練習！相關用語　CD5-2-3

大家去 KTV 會點唱哪些日文歌呢？
搜尋台灣連鎖 KTV 的日文點播排行，
耳熟能詳的老歌和歡樂的卡通主題曲還蠻受歡迎的，
來看看大概都是哪些歌曲吧！

淚光閃閃	雪花
涙そうそう	雪の華
妖怪體操第一	輕閉雙眼
ようかい体操第一	瞳を閉じて

我只在乎你

<ruby>時<rt>とき</rt></ruby>の<ruby>流<rt>なが</rt></ruby>れに<ruby>身<rt>み</rt></ruby>をまかせ

擁抱我小姐

<ruby>抱<rt>だ</rt></ruby>いてセニョリータ

望月想愛人

<ruby>浪花節<rt>なにわぶし</rt></ruby>だよ<ruby>人生<rt>じんせい</rt></ruby>は

津輕海峽冬景色

<ruby>津軽海峡<rt>つがるかいきょう</rt></ruby>・<ruby>冬景色<rt>ふゆげしき</rt></ruby>

細雪（能不能留住你）

<ruby>細雪<rt>ささめゆき</rt></ruby>

機場（情人的關懷）

<ruby>空港<rt>くうこう</rt></ruby>

償還

つぐない

各自遠颺

それぞれに

天體觀測

<ruby>天体観測<rt>てんたいかんそく</rt></ruby>

機會的順序

<ruby>チャンスの順番<rt>じゅんばん</rt></ruby>

放浪榮耀～因為如此深愛這世界～

Exile Pride～ <ruby>こんな世界<rt>せかい</rt></ruby>を<ruby>愛<rt>あい</rt></ruby>するため～

PART

5 休閒活動

一群人相聚很歡樂，只有兩個人一起甜蜜蜜

台灣人的家庭關係很親密，假日、年節很常一大家族聚餐或出遊。但越是結婚多年的夫妻，越應該安排一下屬於兩個人的時間，重溫熱戀時的甜蜜時光，在吵架、傷心的時候，自然會想起對方的好。

關鍵組句　搭配 CD 多聽多唸就記住！　CD5-3-1

來練習一下與約會，情人、夫妻間的休閒時光有關的動詞組句。

約對方去約會	決定約會地點
相手をデートに誘う	待ち合わせ場所を決める
趕上約會時間	約會遲到
約束の時間に間に合う	デートに遅れる
忘記約會	臨時取消約會
デートの約束を忘れる	デートをドタキャンする

去女友家接（她）

<ruby>彼<rt>かのじょ</rt></ruby>女の<ruby>家<rt>いえ</rt></ruby>に<ruby>迎<rt>むか</rt></ruby>えにいく

決定約會行程

<ruby>日<rt>にってい</rt></ruby>デートの<ruby>日程<rt></rt></ruby>を<ruby>決<rt>き</rt></ruby>める

開車兜風

<ruby>車<rt>くるま</rt></ruby>でドライブする

兩人騎機車

バイクで<ruby>二人乗<rt>ふたりの</rt></ruby>りする

聊天聊開

<ruby>会話<rt>かいわ</rt></ruby>が<ruby>盛<rt>も</rt></ruby>り<ruby>上<rt>あ</rt></ruby>がる

話題沒了

<ruby>話題<rt>わだい</rt></ruby>がなくなる

氣氛變得尷尬

<ruby>気<rt>き</rt></ruby>まずい<ruby>雰囲気<rt>ふんいき</rt></ruby>になる

拍大頭貼

プリクラを<ruby>撮<rt>と</rt></ruby>る

幫女友拿包包

<ruby>彼女<rt>かのじょ</rt></ruby>のかばんを<ruby>持<rt>も</rt></ruby>つ

牽手

<ruby>手<rt>て</rt></ruby>をつなぐ

坐情侶座

カップルシートに<ruby>座<rt>すわ</rt></ruby>る

各自逛百貨公司

<ruby>百貨店<rt>ひゃっかてん</rt></ruby>で<ruby>別行動<rt>べっこうどう</rt></ruby>をする

去汽車旅館

モーテルに<ruby>行<rt>い</rt></ruby>く

約下次的約會

<ruby>次<rt>つぎ</rt></ruby>のデートの<ruby>約束<rt>やくそく</rt></ruby>をする

這種情形，要這樣說 CD5-3-2

① 彼女をデートに誘ったけど断られたよ。

我約她去約會，但被拒絕了。

まだそのタイミングじゃないんだよきっと。

時機應該還沒到。

② 彼氏がデート遅れてきてめっちゃ腹立った。

我男友約會遲到讓我很生氣。

ドタキャンよりはいいんじゃない？

總比臨時取消好吧？

③ 彼女とのデートで話題なくなって困ったよ。

我跟她約會時沒話題好聊覺得很囧。

普段から話のネタ用意しとかないとね。

平時就要多準備聊天的話題吧。

④ 手つなごうか？

我們牽手吧？

暑いからやだ。

不要，很熱耶。

⑤ じゃあ<ruby>三越<rt>みつこし</rt></ruby>では<ruby>別行動<rt>べっこうどう</rt></ruby>でいい？

那我們去新光三越，然後各自逛，OK 嗎？

 いいよ、じゃあ５<ruby>時<rt>じ</rt></ruby>に<ruby>入<rt>い</rt></ruby>り<ruby>口<rt>ぐち</rt></ruby>で<ruby>待<rt>ま</rt></ruby>ち<ruby>合<rt>あ</rt></ruby>わせしよ。

好啊，那我們五點在門口集合吧。

 還可以這樣說　　進階練習！相關用語　　CD5-3-3

前面的組句都熟練了嗎？
再多學幾個相關的說法，
請嘗試一下也自己造句看看吧！

看夜景	去看流星
<ruby>夜景<rt>やけい</rt></ruby>を<ruby>見<rt>み</rt></ruby>る	<ruby>流<rt>なが</rt></ruby>れ<ruby>星<rt>ぼし</rt></ruby>を<ruby>見<rt>み</rt></ruby>にいく
慶祝交往週年	送玫瑰花
<ruby>交際<rt>こうさい</rt></ruby><ruby>記念日<rt>きねんび</rt></ruby>を<ruby>祝<rt>いわ</rt></ruby>う	バラを<ruby>送<rt>おく</rt></ruby>る

怕孤單？
養隻寵物陪你，
看看書共享
靜謐時光吧！

放眼全世界，台灣人不結婚、不生小孩都名列前茅，許多人寧可養寵物作伴，也不想多一個人在身邊添負擔，而且不知道是不是怕煩、怕吵，養貓的人口有越來越多的趨勢。

 關鍵組句　搭配 CD 多聽多唸就記住！　CD5-4-1

來練習一下與照顧寵物相關的動詞組句。

養狗 いぬ か **犬を飼う**	遺棄狗 いぬ す **犬を捨てる**
收養狗 いぬ ひ と **犬を引き取る**	尋找飼主 か ぬし さが **飼い主を探す**
尋找認養人 さとおや さが **里親を探す**	遛狗 いぬ さん ぽ **犬を散歩させる**

帶狗去看獸醫
犬を獣医に連れていく

給狗做預防接種
犬に予防接種を受けさせる

給狗做去勢手術
犬の去勢手術をする

幫狗洗澡
犬を洗う

把狗抱起來
犬を抱っこする

訓練狗
犬をしつける

餵食
エサをあげる

換水
水を入れ換える

摸頭
頭をなでる

摸肚子
お腹をなでる

摸背部
背中をなでる

打屁股
お尻をたたく

幫狗剪指甲
犬の爪を切る

搖尾巴
尻尾を振る

把房間弄得亂七八糟
部屋を散らかす

狗掉毛	幫狗戴項圈
犬の毛が抜ける	犬に首輪をつける

幫狗解開項圈	幫狗繫上牽繩
犬の首輪を外す	犬にひもをつける

狗在半夜吠	狗尿在地板
犬が夜中に吠える	犬が床におしっこする

鏟屎	貓叫
糞の処理をする	猫が鳴く

貓跳起來	貓抓牆壁
猫が飛び上がる	猫が壁をひっかく

貓咬地毯
猫が絨毯を嚙む

① 犬の飼い主見つかった？

找到狗的飼主了嗎？

ううん、ずっと探してるんだけど
まだ見つからなくって。

還沒，一直在找，但還沒找到。

② うちの犬、最近食欲ないの。

我家的狗最近沒有食欲。

獣医に連れてったの？

妳有帶牠去看獸醫嗎？

③ 糞の処理は誰がしてるの？

是誰負責鏟屎呢？

もちろん僕だよ。

當然是我啊。

④ うちの犬が夜中に吠えて困ってるんだ。

我家的狗在半夜吠，很頭痛。

ちゃんとしつけないとね。

你要好好訓練牠。

PART

5

休閒活動

237

⑤ うちの猫がやっと壁をひっかかなくなったよ。

我家的貓不再抓牆壁了。

 きっともう飽きたんだろうね。

牠應該是已經膩了吧。

 還可以這樣說　進階練習！相關用語　CD5-4-3

前面的組句都熟練了嗎？
來學一下訓練狗狗時的日語用法，
請嘗試一下也自己造句看看吧！

握手！	坐下！
お手！	お座り！
趴下！	等一下！
伏せ！	待て！
轉圈圈！	
おまわり！	

Eurasian Publishing Group
圓神出版事業機構
用心與你對話·網野無限寬廣

如何出版社
Solutions Publishing

www.booklife.com.tw   reader@mail.eurasian.com.tw

Happy Language 155

這個動作，那個情形，日語怎麼說？
——桃太郎的實用動詞組句，教你日語好到花瘋

作　　　者／冨永圭太

插　　　畫／米可

發 行 人／簡志忠

出 版 者／如何出版社有限公司

地　　　址／台北市南京東路四段50號6樓之1

電　　　話／（02）2579-6600·2579-8800·2570-3939

傳　　　真／（02）2579-0338·2577-3220·2570-3636

總 編 輯／陳秋月

主　　　編／柳怡如

專案企畫／賴真真

責任編輯／張雅慧

校　　　對／張雅慧·柳怡如·冨永圭太

美術編輯／林雅錚

行銷企畫／陳姵蒨·陳禹伶

印務統籌／劉鳳剛·高榮祥

監　　　印／高榮祥

排　　　版／杜易蓉

經 銷 商／叩應股份有限公司

郵撥帳號／18707239

法律顧問／圓神出版事業機構法律顧問　蕭雄淋律師

印　　　刷／龍岡數位文化股份有限公司

2017年9月　初版

多數的日文教材，不是只介紹生活上的名詞，
就是名詞和動詞的組句太少，或是不夠生活化。
導致學習者背了很多名詞和動詞，卻很難運用到口說或書寫上。
這本書正可幫助你克服這項問題，快速提升聽、說、讀、寫實力。
　　　　　　　　　——《這個動作，那個情形，日語怎麼說？》

◆ **很喜歡這本書，很想要分享**

　　圓神書活網線上提供團購優惠，
　　或洽讀者服務部 02-2579-6600。

◆ **美好生活的提案家，期待為您服務**

　　圓神書活網 www.Booklife.com.tw
　　非會員歡迎體驗優惠，會員獨享累計福利！

國家圖書館出版品預行編目資料

這個動作，那個情形，日語怎麼說？——桃太郎的
實用動詞組句，教你日語好到花瘋／冨永圭太 作 .
-- 初版 . -- 臺北市：如何，2017.09
240 面；14.8×20.8 公分 . --（Happy Language；155）
ISBN 978-986-136-496-4（平裝）

1. 日語　2. 動詞　3. 句法

803.165　　　　　　　　　　　　　　　　　106012077